メディアワークス文庫

わたしの処女をもらってもらったその後。

高岡未来

目　次

♥ わたしの処女をもらってもらったその後。

高校時代の仲良しメンバーで会うのは久しぶりのことだった。

わたし、真野美咲が働く日比谷の職場から有楽町までは徒歩圏内。そのため、待ち合わせの店に一番乗りで到着した。

梅雨が明けて本格的な夏を迎えた東京は夜になっても暑い。少し歩いただけなのに、額から汗が吹き出し、わたしは冷房の利いた店内でうちわ代わりに持っていたミニタオルで顔を扇いだ。

出されたお冷やを口に含み、ようやく体から熱が取れてきた頃、今日のメンバーがぽつぽつと店に集まり出した。

木曜日の有楽町駅目の前のファッションビル内の和カフェは、適度に女性客で埋まっている。

「わー、久しぶり」「暑いねー」など、時候の挨拶を終えたわたしたちは、それぞれ好みの夜ご飯定食を頼み、先にドリンクがやってきたところで一度乾杯となった。

「アユ結婚、おめでとう」

今日の主役は先日沖縄で結婚式を挙げたアユ、こと歩菜ちゃん。わたしたちの祝福の言葉に彼女は頬を赤くして照れ笑いを浮かべる。

「ありがとう。結婚式の準備と引っ越しと重なって大変だったけど、過ぎてみればあっという間だったよ。ようやく一段落したー」

「台風と被らなくてよかったね」

「ほんとだよ。それだけが心配だった」

「写真見せて見せて」

「リゾート婚いいなあ。海青かった？」

食事そっちのけでわたしたちはきゃっきゃとはしゃぐ。

このメンバーで会うと、今が二十八歳であっても十年前と変わらないノリになるから不思議だ。卒業して十年も経てばみんなそれなりに忙しくって、なかなか全員で集まる機会もない。

それでもひとたび仲良しグループで会えば、昔に戻ったかのように愛称で呼び合い、じゃれ合う。時の経過を感じさせない安心感にホッとする。

「天気だけが心配だったけど、両日とも晴れてくれてよかったよ。海もとってもきれいだった」

歩菜ちゃんがスマホを取り出した。アルバムには何枚もの写真が収められている。

わたしたちは身を乗り出して写真に見入る。

ドレスの着付けが大変だったこと、ホテルの中で祖母が迷子になったこと、波打ち際で写真を撮っていたら、高い波に襲われかけて二人で必死に逃げたこと。近しい親族のみで行われた結婚式は、家族旅行のように和気あいあいとしていたことなど。

　わたしたちは歩菜ちゃんの思い出話に楽しく相槌を打っていく。

　彼女の左手の薬指には当然のことながら結婚指輪が光っている。ときおり目に映るそれがほんの少しだけ眩しい。

　もう、彼女はわたしとは違う。そんなことを考えてしまった。

「わたしたちのグループの中でもついに結婚した子が出るとは」

「ていうか、うちらはむしろ遅いほうでしょう。会社の同期で早い子だと二十五の年には結婚していたし」

「そうだよねぇ。今年は二十九歳になる年だから、特に多いよね」

　美穂ちゃんがしみじみ言うと、歩菜ちゃんが「わたしも駆け込んだ口だからね」と頷いた。

「ん～、でもわたしはまだいいかな。趣味が楽しいし」

　綾香ちゃんが苦笑しつつ、けれどもきっぱりと言った。

　彼女は社会人になって始めたフラダンスが楽しすぎると折に触れて口にしている。現在も来る発表会に向けての練習と衣装作りで休日は瞬く間に時間が過ぎ去ると言いながらも、その声は満ち足りている。

「わたしはそろそろ出会いがほしいけどなぁ。うちの職場、基本おっさんしかいないから」

美穂ちゃんが大きくため息を吐くと、歩菜ちゃんが身を乗り出した。

「じゃあ美穂も結婚相談所を利用したら？　わたしもそれで出会ったんだよ」

「そういえばアユは結婚報告のグループトークで、婚活で知り合ったって言っていたよね」

「てっきり婚活パーティーとか、マッチングアプリとかだと思ってた」

美穂ちゃんに続けて綾香ちゃんが相槌を打った。

「うん。わたしね……実を言うと、この年までずっと男性とお付き合いしたことがなくて。でも、結婚して子供がほしかったんだよね。このままだとずっと男性に縁がないって思って、思い切って結婚相談所に登録したの」

歩菜ちゃんの告白にわたしたち三人はじっと耳を傾けた。

彼女が結婚すると報告してきたのは通話アプリのグループトークでのことだった。結婚式と引っ越しが終わったタイミングでみんなで会おうということになって、今日この日を迎えたのだ。

「ええっ！　そうだったの？」

美穂ちゃんが目を丸くした。

　彼女は大学時代に初カレができました、と上機嫌で報告をしてきたことがあった。綾香ちゃんは何も言わずに目線で返し、先を促している。

「うん。実はね。男性経験がないままこの年まできちゃって、正直とっても焦ってた。実際、結婚相談所で紹介してもらった人と会って、そのことを話すと引かれちゃうこともあって、少し落ち込んだこともあったんだ。でもね、今の旦那さんと出会ったとき、彼はそのままのわたしでいいんだよ、って言ってくれたの」

「そっか。そっか。そっかぁ」

　美穂ちゃんが熱心に相槌を打つ。その声が少し潤んでいる。

「お互いに結婚したいって目標があったから、お付き合いをスタートさせてから結婚までの時間はあっという間だった」

　歩菜ちゃんの旦那さんはメーカーの開発部門に勤める研究部員で、なかなか女性との出会いがなかったとのこと。今は関東近郊の研究拠点に勤めているが、数年以内に別の地方の研究開発拠点へ移動する確率が高いらしい。歩菜ちゃんは「わたしもついていくことになると思うから、今必死に教習所に通っているんだ」と続けた。確かに転勤場所によっては車があるほうが便利なこともある。

　わたしの目から見ても歩菜ちゃんは輝いていた。

　前に会ったときはわたしと一緒になって、出会いなんて全然ないよ、と笑って慰め合ったのに。歩菜ちゃんは目標を立てて実行に移した。

対するわたしはというと。

カリカリと、引っかかれたような気がした。

胸の奥の内側に爪を立てられたような、小さな疼き。それに気が付かない振りをして、わたしはみんなと一緒に笑う。

「そうだ。ミサちゃんは。最近どうなの？」

美穂ちゃんが思い出したかのように話題を振ってきた。この場でわたしだけ近況を伝えていなかったからだ。

「わたしは何もないよ」

「ミサちゃんは一人暮らし始めたんでしょう？　慣れた？」

歩菜ちゃんの言葉にわたしは「うーん……自炊がめんどくさいなぁ」と苦笑いを浮かべた。変わったことといえば、去年ようやく実家を出たくらい。

「でも、結構便利な所に実家あるのによく出る気になったね」

綾香ちゃんが感心する。彼女の実家も二路線走っている駅が最寄りのため、現在も実家暮らしだ。趣味のフラダンスにお金がかかるため、家賃を浮かせたいのが理由だ。

「親の結婚しろ圧力がうるさくって。兄がね、赴任先の仙台で結婚したんだけど、親になんの相談もなく、あっちで家を買っちゃったんだよね。それで、母が機嫌悪くして。

わたしに結婚圧力」

「あー、なるほどね」

「圧力はいらないけど、出会いはほしーい！」

綾香ちゃんと美穂ちゃんが頷いた。二十代最後の年で独身ともなると、二人とも同じようなプレッシャーを親からかけられているらしい。

「潤いが足りないんだよ。心の潤いがさぁ……。ていうか、この年になると彼氏の作り方も忘れた……」

「まー、確かに。フラに対して寛容な人ならいてもいいかもねぇ」

「ねえ、ミサちゃんも彼氏ほしいでしょう？」

「ん、まあ。そうだねえ」

わたしは曖昧な笑みを浮かべつつ、美穂ちゃんの問いかけに頷いた。

「真剣な出会いなら、断然相談所だよ」

「アユ、今度詳しく教えて」

「もちろん」

美穂ちゃんはどうやら結婚相談所に興味を持ったみたい。

結婚相談所か。結婚したい男女が知り合う場所。確かに効率的だな、とは思う。

ひさしぶりの会ということもあって、その後も話が尽きることはなかった。

最後に歩菜ちゃんは、旦那さんの友人が結婚お披露目会という披露宴の二次会的な催しを企画してくれていることを話した。

わたしたちはもちろん参加するよ、と目を輝かせた。当日歩菜ちゃんはドレス姿で、ウェディングケーキも用意され、ファーストバイトなど定番イベントも予定されているとのこと。

「十月の中頃の予定なの。連休のあたりなんだけど、大丈夫かな」

「分かった。開けておくね」

「ん、発表会も入っていないし、たぶん大丈夫。スケジュール調整しておくね」

美穂ちゃんと綾香ちゃんの返事を聞きつつ、わたしも予定を入れないようにしておこうとスマホのカレンダーにチェックを入れた。

翌日、ほんの少しだけ置いていかれたような気分をかかえたまま、わたしは出社した。

高校生のあの頃に思いを馳(は)せる。授業を受けて、文化祭や修学旅行にテストなどのイベントごとが等しくやってきて。

ただ毎日が楽しかった。みんな一緒だという安心感に浸っていた。

高校を卒業して、それぞれの進路へと旅立ち、社会に出て。積んだ経験も仕事も様々で。もちろんそれには男性経験も含まれている。

もうすぐ、月が替わればわたしだって二十九歳になるのに。この年になるまで、ただの一度だって男性とお付き合いをしたことがなかった。

それがわたしの最大の悩みでコンプレックス。

最近まで歩菜ちゃんも同じ立場だったのに。彼女は先に次のステップへ進んでしまった。わたしは相変わらず同じ場所に留まったまま。

「はあ……」

テナントからあがってきたアンケートデータをエクセルで集計しながら、長い息が口から漏れてしまった。

ふと、歩菜ちゃんの言葉を思い出してしまう。

昨日の帰り道、わたしは歩菜ちゃんの話していた言葉が引っかかって、スマホで検索をかけてみた。ヒットした恋愛指南や恋愛特集ページにざっと目を通したわたしは電車の中で落ち込んだ。

年齢イコール処女の、年齢が上がるにつれて、男性の本音の中にネガティブ要素の占める割合が多くなっていくように思えたからだ。

もちろん気にしないという意見のほうが多かったけれど、このことをコンプレックスに感じているわたしには、少しのネガティブ要素ですら大打撃だ。

昨日は結局、みんなの話に相槌を打つばかりで、男性経験のなさを話す気にはなれなかった。

拗らせていることは重々承知している。しかし、わたしの中では深刻な問題なのだ。

ずーんと沈んだ思考から抜け出すため、顔を上げて時間を確認した。

今日は夕方からグループ会社の社員さんがやってきて、課長たちとミーティングがある。

先ほどそのミーティングで使う資料に追加で入れてほしいデータがあると課長に言われて、作り直していた。

出来上がった資料を課長宛てにメール送信して、あらかじめ指示されていたページのみ必要枚数プリントアウトする。

「おつかれ、真野さん。終わった？」

立ち上がって複合機から紙束を持って帰ってきたところで、同じ課の小湊さんが声を掛けてきた。

「はい。なんとか」

「えらいえらい。さすが真野さん。今のうちに休憩してきちゃいなよ」

「そうですね。ちょっと目も疲れたので、席外しますね」

「うんうん。いっておいで〜」

小湊さんの明るい声に背中を押されて、わたしはフロアの共用部分へ向かった。

わたしの勤める四葉不動産ビルマネジメントは日比谷駅から数分の場所に建つオフィスビルの五階に入っている。同じフロアには他の会社も入居している。

ビル共用のお手洗いに入ったわたしはまだ昨日からの感情を持て余していた。

結局、焦っているのだ。この年になってもまだ、誰ともお付き合いをしたことがないことに。

だから、歩菜ちゃんを祝福する気持ちの傍ら、羨ましいと思ってしまう。わたしと同じ場所にいたのに、歩菜ちゃんだけ先に別の場所へと行ってしまったから。

もちろんそれは彼女が行動を起こした結果だ。対するわたしは未だに同じ場所で足踏みしている状態なのだ。

羨ましいと思うのなら行動すればいいのに、新しいことを始めるのには心のハードルが高いと感じてしまう。

こんなことじゃいけない。ちゃんとわたしも前に進まないと。よし、休憩終わり、と個室の鍵を開けようとしたところで、お手洗いの出入り口付近から高い声が聞こえてきた。

「でさー。今度の推進課の暑気払い、課の人以外は誘ってくれないのー。酷くない？」

少し間伸びした高い声は、不満を醸し出している。

推進課という言葉にどきりとした。

それはもしかしなくても、わたしが所属するテナント推進課の社内での略称ではないだろうか。だとしたら同じ会社の女の子だろうか。なんとなく、話し手の声に聞き覚えがある。

「なに心愛、推進課の暑気払い行きたいの？」

「会社の飲み会とか、面倒なだけじゃん」

そうそう、さっきの声は隣の課に所属する鈴木心愛ちゃん。わたしの数年後に入社した後輩だ。

その可愛い名前の通り、茶色のふわふわした巻き毛と甘い顔立ちで、わたしとは対極の社内でも何かと目立つ女の子。常につやつやに光ったネイルと念入りに施された化粧。それに流行をきちんと押さえた服装でオフィスを闊歩している。

それに比べてわたしはといえば。ライトグレーのブラウスに紺色のスカートといった、面白みの欠片もない組み合わせだ。

「別にわたし推進課はどうでもいいの」

「じゃあ何？」

鈴木さんたちが会話を繰り広げていく。おそらく彼女と仲のいい同期の子か誰かだろう。お手洗いと称した休憩タイムらしい。

わたしは、出ていくタイミングを見失ってしまった。

彼女たちは個室へ入ることなく、会話を続ける。

「今度の暑気払い、あの忽那さんも来るんだって。マジうらやましいよー」

鈴木さんがことさら高い声を出した。続けて「えー、うそー」「いいなあ」という声が響いた。

「課長にお願いしてみたら？」

「それとなく言ったけど駄目だったから、今愚痴ってんじゃん」

「更科課長厳しいっ！」

「ねー。別にいいじゃんね。推進課って、お堅い女性ばっかりだし。わたしみたいな子がいたほうが華があって忽那さんも喜ぶと思うんだけどぉ」

「自分で華があるとか言うな」

「だってほんとのことだもん～」

きゃはは、と三人娘の姦しい声がお手洗いの壁に吸い込まれていく。

「お堅い女性と更科目更科課っていう種類の更科課長しかいないんだから、心愛も安心じゃん」

「だから、別にわたしは忽那さんに本気ってわけじゃないし」

同僚の突っ込みに鈴木さんがしっかりと念を押す。

彼女たちのもの言いに、胸の奥がざわついた。鈴木さんを含む三人が明らかにわたしの直属の上司である更科課長を揶揄して笑いの種にしていたからだ。

更科課長は女性で、鈴木さんとは真逆のタイプ。少し男勝りなところがあり、さばさばしていて話しやすい。ただ鈴木さんは普段から、きっぱりと意見を言う課長のことを遠巻きに眺めているふしがある。

そうか、忽那さん暑気払いに参加するんだ。どうしてわたしよりも隣の課の鈴木さんのほうが情報が早いんだろう。謎だ。

その忽那さんは今日このあと、うちの課にやってくる。

「でもさぁ。天下の四葉不動産、勤務だよ。グループ会社のうちらとは格が違うじゃん。顔だってカッコいいし。まあちょっと年が離れているから、なんていうか。向こうがその気なら、的な？」

「今、三十五だっけ？　そんな感じしないけどねー」

「その辺の俳優よりイケメンだよね。目の保養だよねー」

「でしょう。しかもねー、優しーんだよぉ」

「心愛、忽那さん来るといつも以上に声高くなるよね」

「ずるいなあ。わたしも仲良くなりたいのに」

「え、何、そっちのほうこそ忽那さん狙い？」

「彼とお近付きになって四葉不動産の後輩を紹介してほしいんだよねー」

「あ、それもいいよねぇ」

「てか、心愛メイク直し本気すぎ」

「いいじゃん。ちょっとでも忽那さんの目に可愛く映りたいもーん。推進課って、ほら、地味ーな真野さんがいる課でしょ。だから余計に可愛くしておかないと」

「うっわ。心愛、真野さんにはそれなりに懐いているくせに」

鈴木さんの口からわたしの名前が出た瞬間、心臓がひゅっと縮こまった。

「だって。今日の真野さんの服見た？」

その声は、明らかにわたしを嘲る色を乗せていて、背中に嫌な汗をかくのを感じた。

トイレの個室の薄い扉越しにまさか本人がいることなど想像もしていないのだろう。

女の子たちは、噂話に興じるとき特有の、ほんの少しだけ悪いな、と思いつつまったくそれを感じさせることのない声の高さで話を進める。

「え、今日の真野さんどんなんだっけ？」

「さあ」

話題を振られた二人の声があとに続く。

「今日も相変わらずの地味ファッションでウケたわ。しかもそのスカート今週二回目ですよ、って突っ込みたい」

きゃはは、と鈴木さんは笑いながら続ける。

「よく見てるね。そんなの」

「だぁって。あそこまで地味でローテーションが短めだと逆に気になっちゃって。何げに真野ファッションチェックしてるから、わたし」

「ひまじーん」

「ひまじゃないですぅ」

きゃらきゃらとした笑い声がわたしを包んでいく。

喉がひりひりする。

普段は先輩であるわたしに、丁寧な言葉遣いとふんわりとした可愛らしい態度で接してくれていた鈴木さん。

その彼女が、裏ではこんなことを思っていたことが信じられなかった。

ドクドク、という心臓の音が聞こえた気がした。

わたしは飛び出すこともできず、個室の中でじっと立ち尽くしていた。

「でもまあ、伸ばしっぱなしの野暮ったい髪の毛といい、スッピンみたいなうっすい化粧と地味ファッションのおかげで、わたしの引き立て役にはちょうどいいけどね。わたしのほうが若いしかわいいし！」

「うーわ。今度本人に言ってやろ」

「真野さんかわいそう」

同僚二人が合いの手を入れるが、声のトーンからして本心ではないことが分かる。

「わたし外面いいから真野さん一人くらい簡単にだませるもーん」

「あー、はいはい」

「ほら、行くよ」

パチン、とコンパクトを閉じる音が聞こえ、やがて笑い声と足音が遠ざかっていった。しばらくしたあと。わたしはよろよろとトイレの個室から出た。

まだ激しく脈打っている。

こんな風に自分が笑われていただなんて、想像したこともなかった。手を洗い、鏡の前で自分の姿を見つめる。

最後に髪の毛を切ったのはいつだろう。いつの間にか背中の真ん中あたりまで伸びている。生まれてこのかた染めたこともない黒髪。

顔を彩る化粧は薄く、最低限。学生時代アイラインを引いたりつけまつげを付けてみたことはあったけれど、どうにもしっくりこなくてやめてしまったのだ。

わたしのことはわたしが一番知っている。

顔は十人並みだし、可愛らしさを前面に押し出したようなファッションには気後れしてしまう。なのでわたしが選ぶ服といえば、ザ定番を前面に押し出したような形と色のものばかり。ベーシックカラーが中心だから面白みがあるわけでもない上に数も持ち合わせていない。

それを第三者に指摘されることがことのほか堪えた。心にぐさぐさと矢が突き刺さったような心地だ。

わたしは傷を負った兵士のようにふらふらと自分の席に戻った。

トイレで思ったよりも時間を取られてしまい、ミーティング開始に向けて準備に追われた。人数分の資料を会議室に置いて、モニターのセッティングもしておかないと。

「あ、真野さん。今メールに添付した資料も出しておいて」

わたしはアシスタント的な業務が多く、今日のようなミーティングのときは直前に追加指示を受けることもある。参加者の一人からプレゼン用資料の数字の差し替えを頼まれたため慌てて修正をしていると、あっという間に開始時刻近くになった。

「あー、忽那さんだぁ。お疲れ様ですぅ」

客人にいち早く気が付いたのは、推進課の隣で仕事をする鈴木さんだった。

通常の三割増しくらいに甘めの声を出し、素早く忽那さんへ近寄る。すごいなあ、と感心してしまう。鈴木さんは忽那さんに纏わりついている。先ほど聞いた彼女の本音が尾を引き、正直に言えば彼女に近付くのは億劫だ。

しかし、忽那さんは推進課のお客様。こちらが彼のプロジェクトの下請け的存在なのだ。

わたしは短く息を吸い、腹をくくった。

「忽那さん、お疲れ様です」

「こんにちは、真野さん。それから鈴木さんも」

曇りのない爽やかな笑顔で挨拶を返された。まるで忽那さんに後光が射したかのようだ。わたしは眩しさを感じて、思わず目を細めた。

忽那航平さんはわたしの勤める四葉不動産ビルマネジメントの親会社でもある四葉不動産の所属だ。業界大手の総合不動産会社の本部機能を持つのが四葉不動産で、同じ名を冠に載せたいくつものグループ会社を持っている。業務内容は会社ごとに細分化されている。分譲住宅販売や大規模ショッピングモールの運営をする会社、うちのようにオフィスビルのマネジメントおよび管理運営をそれぞれ行っている。

グループの中でも頂点に立つ四葉不動産本店勤務のエリート社員。それが忽那さん。

「あの。お土産です」

忽那さんの部下の男性社員がひょこっと体を前に出して、紙袋を鈴木さんに差し出そうとする。

彼と一緒にこのオフィスに顔を出すこの若手社員はどうやら鈴木さんがお気に入りのようだ。

「真野さんたち、推進課の皆さんでどうぞ」

忽那さんが言い添えると後輩くんは慌ててわたしに紙袋を押し付けた。

「いつもお気遣いありがとうございます」

こんな地味女子に渡すよりも鈴木さんに渡して点数稼ぎたいよね。ごめんね、推進課にいるのがわたしみたいな地味な子で。

精神的ダメージを引きずったわたしの心の声はいつにも増して卑屈だ。

「わぁぁ。忽那さん、わたしたちのためにありがとうございますぅ。あ、そうだ。お礼にコーヒー淹れて持っていっちゃいますぅ」

わたしのお礼の言葉をかき消す音量で鈴木さんがはしゃいだ声を出した。

鈴木さんの裏の顔を知らなかったこれまでのわたしだったら、今日も鈴木さんは可愛いなあとしか思わなかっただろう。知ってしまった今は無言の圧力を感じる。

ちょうどそのとき、推進課の島に更科課長が戻ってきた。

「ああ、忽那さん。お疲れ様です。いつもの通り、ミーティングルーム三で。真野さん、悪いんだけどコーヒー人数分お願いね」

　課長は忽那さんたちに会釈をすると、手早く資料をピックアップした。今日も彼女はダークグレーのパンツスーツをカッコよく着こなしている。

　姿勢がよく、シンプルな装いの中にも華があり、まさに自信のある大人の女性という出で立ちだ。

「コーヒーなら、今わたしが淹れますって手を挙げましたぁ」

　はいはーい、と鈴木さんが更科課長にアピールする。

　課長はちらりと鈴木さんに視線をやる。

「鈴木さん、自分の仕事終わっているの？　あなたに頼むとこっちが田中課長に文句を言われるのよ」

　以前、だったらお願いと更科課長が頼んだあと、鈴木さんは自分の仕事が長引いた理由を「だってぇ更科課長に駆り出されてぇ」と彼女の上司の田中課長に報告した。それを聞いた田中課長は後日更科課長に嫌味を言ったのだ。

　更科課長はもう一度わたしに視線を戻した。

　分かっています。推進課の業務の一環ですから、きちんとわたしが用意します。

「更科さん、お気遣いなく。それよりも事前に今日の資料について真野さんに確認したいことがありまして。彼女を少しお借りしてもよろしいでしょうか」

「あ、じゃあ尚更コーヒーはわたしが」

「コーヒーはわたしが準備しますよ、課長」

チャンス到来とばかりに食い付いた鈴木さんだったが、今度は推進課の小湊さんが口をはさんだ。

更科課長は「じゃあ、小湊さんよろしく」と言って足早に去っていった。

ちっとも自分の思い通りにならなかった鈴木さんは頰を膨らませている。

「真野さん、じゃあ少しいいかな」

「あ、はい」

忽那さんに呼ばれたわたしは彼についていく。

現在四葉不動産は都内の一等地に複合ビル施設を開発・建設中だ。いくつもの会社が関わる共同事業で、うちの会社はそのビルの管理・運営を任されることになっている。テナント誘致や選定などをうちの課が手伝っているため、細かな打ち合わせが適時発生する。わたしも連日多くの資料作りを任されているから、こうして彼からテナント候補の率直な感想を求められたり、資料に関する質問を受けることがある。

仕事とはいえ、忽那さんと二人で会話することに、わたしは未だに慣れない。

何しろ忽那さんはその辺のイケメン俳優よりも整った顔立ちをしているのだ。

年は三十五歳だと聞いているが、まったくそうは見えない若々しさと高身長を兼ね備え、声も耳に心地のよい低音。

イケメンにありがちな驕った態度がまったくなく、わたしにも親切なのだ。

この会社でも忽那さんにぽわんとした表情を向ける女性社員は多い。

「ありがとう、真野さん。助かったよ」

「いえ。わたしなんかがお役に立てたのかどうか……」

「もちろん。真野さんの作った資料、とても分かりやすいよ」

「ありがとうございます」

忽那さんは社員を持ち上げるのがお上手だ。グループ会社の末端社員であるわたしにすら優しいのだ。

ミーティングの時間が迫ってきていたため、わたしは軽く会釈をして忽那さんから離れた。彼の背中をなんとはなしに見つめる。

テレビの中でしかお目にかかれないような美貌の男性と仕事で関われるのは眼福ものだけれど少し遠くから眺めるくらいがちょうどいい。


「あーあぁ。また忽那さんどら焼き買ってきてる～」

自分のデスクに戻ってきた途端、鈴木さんのがっかりした声が聞こえてきた。忽那さんが持ってきたお土産を、彼女はちゃっかり開封したらしい。

近くの女性社員も集まってきて、井戸端会議が始まる。

「ほんとだ。忽那さんも飽きないね」

「だよね～。どんだけどら焼き好きなのって感じ」

さっきまで甘い声を出していたのが嘘（うそ）のような鈴木さんの乾いた声に、わたしは少しばかり頬をひくつかせた。

「忽那さん、顔はかっこいいのに、こういうところがおじさん趣味なんだよね。顔はかっこいいのに。三十五には見えないのに」

「ちょっと心愛、イケメン強調しすぎだから」

「確かに忽那さん、イケメンなのにチョイスが渋いよね。しかも毎回どら焼き」

「もうちょっと女子ウケするお菓子買ってきてほしいよねえ」

女性たちは本人がいないことをいいことに言いたい放題だ。

「このへん人気のパティスリー多いのに。どうしてそこで買ってきてくれないのって毎回思う」

鈴木さんが無念そうな声を出した。

いや、手土産なのだから、それは厚かましいお願いだろう。

「鈴木さん言いたい放題だね。あれ、毎回心底すごいって思うわぁ」

コーヒーを出し終えて席に戻ってきた小湊さんがわたしにだけ聞こえる音量で囁いた。

「……」

わたしは苦笑いのみお返しした。

「鈴木さんじゃないけど、忽那さんもどうして毎回どら焼き一択なんだろうね？」

小湊さんもそこは気になるらしい。

「うーん。どら焼きが好きなんじゃないですか？」

「まあ、そんな理由だよね」

「コーヒー淹れに行ってくださってありがとうございます」

わたしは先ほどの件についてぺこりと頭を下げた。

「こういうのは手の空いてる人がするものでしょ。で、本社エリートの忽那さんと二人きりでお話タイム。どうだった？」

小湊さんは仕事を再開するわけでもなく、にんまりと笑みを浮かべる。

「別に、ただ仕事の話をしただけですよ」

「イケメンと二人きりだとドキドキしちゃうでしょ」

小湊さんは完全にわたしをからかう体だ。既婚の小湊さんは他人の恋を応援することを楽しみにしている。本人曰く、自分にはもうトキメキ要素がやってこないから潤いがほしいとのこと。しかしわたしにそれを求められても、何も提供できない。

「確かに忽那さんはイケメンだと思いますよ。でも、テレビで観る俳優と同じですよ」

「あ、やっぱり真野さんでも多少のミーハー心はあるわけね」

「そりゃあ、まあ。客観的に見て忽那さんはカッコいいと思いますし。シュッとして若々しいから三十半ばには見えないですし。お腹も出ていない？　ですよね」

わたしは「最近ビールの飲みすぎで腹回りが……」とぼやいていた兄と忽那さんの体型を頭の中で比べた。結果圧倒的に忽那さんが勝利した。

「あ。真野さんてもしかしてむっつり？」

「もう！　そんなんじゃありませんっ」

思わぬ指摘にわたしは顔面から火を噴く。別に、いやらしいことは想像していない。

「あはは。ごめんって。真野さんが男性を褒めるのが珍しくって」

「客観的な意見です。だって、この会社の独身女性、みんな忽那さんを狙っているでしょう？」

「そんなことないよ。あんな高スペックな男を本気で狙う人、そうそういないって」

「だって……来週のうちの課の暑気払いに忽那さんが来るって、なぜだか知っているくらいですし」

わたしは声のトーンをさらに落とした。さっきもトイレで鈴木さんがそのことについて不満を漏らしていたからだ。

「あ、そういえばそうらしいね。なんか、向こうから参加したいですって言ってきたらしいよ。ていうか、何もうみんな知っているんだ」

「わたしは知りませんでしたよ」

「わたしだって聞いたの今朝だよ。あ、なあに真野さん、気が変わって参加する？」

「いいえ、その日は友人との先約がありますので不参加です」

「はいはい。分かっているって」

「グループ会社の暑気払いにまで参加するだなんて、会社同士のお付き合いも大変ですね」

わたしがしみじみした声を出すと、小湊さんが今思い出したような顔を作った。

「その忽那さんといえば、不動産のほうでは何やら不穏な噂が」

「え？」

小湊さんはとっておきだというように目配せをしてきた。

転職組で、外回りもこなす小湊さんは存外に顔が広い。明るくはきはきした彼女には課長も期待をしていて、最近では彼女を同行させることも増えた。その成果が発揮されているのか、近頃小湊さんは色々なところから噂話を仕入れてくる。

ちなみに不動産というのは四葉不動産を指す社内用語のようなものだ。

「不動産の女性たちもイケメン忽那さんのことを狙っているんだけどね。なんでも、けっこうな肉食でお持ち帰りされた女性は数知れず。泣かされた女性も片手では済まないらしいよ。さすがイケメン、な話を聞いたわ」

そ、それは……なんていうか。人当たりがいいのは肉食系だからなのか。

でも少し意外だった。

忽那さんは爽やかだし、誰に対しても態度を変えない。女性に対して変に馴れ馴れしいわけでもないし、常に一歩引いて礼儀正しく接してくれている印象があったからだ。

「忽那さん、遊んでいるんですか……？」

とても女性を泣かせているようには見えない。そういう意味を込めて小湊さんを見つめ返す。

「ああいう爽やかそうなのに限って裏では遊びまくってんのよ」

小湊さんはずいとわたしに顔を寄せて断言する。

「だからさ。一歩下がったところからきゃーきゃーしているくらいがちょうどいいのかもね」

小湊さんはそう締めくくった。

金曜日の鈴木さんの言葉を引きずったままのわたしは、週末美容院へ行った。金曜日の夜にスマホで検索してポチリと予約ボタンを押してしまったのだ。

おしゃれな場所で髪を切れば、わたしでも多少は垢ぬけることができるかな、と表参道近くの美容院を選んでしまった。

我ながら単純すぎて、美容院に入った途端に後悔した。

指名は別段しなかったけれど、担当してくれた美容師さんが男性で、しかも愛想よく話しかけるタイプの人だったから余計に焦ってしまった。

髪型一つ決めるのも四苦八苦で、自分の希望すらうまく伝えられない。短くしたいのとイメージを変えたいこと。それだけを伝えたはずなのに、終わってみたらカラーリングまでされていて驚いた。どうやらお勧めされるままに首をこくりと下に向けたらしい。

「わぁ……全然違う」

「髪型とカラーを変えるだけでぐんと印象が変わりますよ」

美容師さんは満足そうに頷いている。

鏡の中のわたしを凝視する。背中の真ん中まであった髪の毛は、鎖骨の辺りで切られてふわりと揺れている。美容師さんお勧めのアッシュベージュは、わたしの顔色をいくらか明るくしてくれている。

わたしでも垢ぬけることができるんだ。髪型と髪色でずいぶんと印象が変わったことがくすぐったい。

「今日のスタイリングに使った商品がこちらです。どうですか。他にもヘアトリートメント製品もオリジナルでいくつか出しています」

どうやらあまりの変身ぶりに相当に浮かれていたらしい。気が付くとおすすめされたヘアトリートメント製品をお買い上げしていた。

「ありがとうございました」

担当美容師さんのキラキラした声を背中に受けて、わたしは店を後にした。

こんなことでもなければ髪の毛を染めることもなかっただろうし、よい気分転換にはなった……はず。わたしはそう思うことにして、せっかくだからと場所を移動してファッションビルにも入ってみた。

普段は行かないような、雑誌に載っていそうなおしゃれなブランドを眺めている最中ハッと我に返った。

あまりにもあからさまに服装を変えると、それはそれで鈴木さんの格好の餌食になるのではないだろうか。何しろ彼女は真野ファッションチェックをしていると言っていた。

突然にファッションの系統を変えたら、トイレでの話を聞かれていたと思うかもしれないし、何か別の理由があるのでは、と勘繰られるかもしれない。

冷静になったわたしは、ひとまずファッション誌を買って帰ることにした。

今まで定番およびシンプルなものばかり買ってきたから、何が自分に似合うのか分からない。まずは最近の流行チェックから入ろう。

それに今日は髪の毛を切っただけでも大成果。たったそれだけのことだけれど、気分が軽やかになったことを実感する。わたしはちょっとだけふわふわした足取りで帰宅の途についた。

週が明けた金曜日の夕方。

推進課のみんなは暑気払いだけれど、わたしは一人上野(うえの)へと向かった。今日は大学時代の友達、水戸(みと)一花(いちか)ちゃんと待ち合わせをしているのだ。

二人とも帰りやすいとの理由で上野で落ち合い、予約していたダイニング居酒屋へと入った。

最初のドリンクが運ばれてきて「乾杯」と軽くグラスを合わせて、わたしたちは喉を潤す。八月に入って気温はぐんぐんと上昇。今年の暑さも異常だと連日ニュース番組やお天気アプリが騒いでいる。

氷で冷やされた冷たいお酒が美味しい。

一杯目のグラスが半分くらいになったところで一花ちゃんから爆弾発言があった。

「実はね。タイフーンの解散がショックすぎて泣いていたら……今お付き合いしている人と結婚することになりました！　以上報告終わり！」

ぐさり、とその言葉がわたしの心の奥に突き刺さった気がした。

一花ちゃんの頬がうっすら赤く染まっている。お酒に酔って、ではないことは明白だった。

「おめでとう、一花ちゃん」

わたしは内心の自分勝手な動揺が表に出ないよう注意して、祝福の言葉を掛けた。

置いていかれたと思うのはわたしの勝手で、一花ちゃんには関係ない。

また一人、友人が結婚を決めた。

「ありがとう、美咲。自分でもびっくりだよ。タイフーンの追っかけばかりしていたわたしがまさか結婚することになるとは」

一花ちゃんが照れ笑いを浮かべる。

タイフーンとは日本人と台湾人のメンバーからなるアイドルグループである。一花ちゃんは大学在学中から、このグループの熱心なファンだった。

社会人になってからは「これからは推しにたくさん貢げる～」と嬉しそうに全国ツア

ーチケットを複数公演分購入するほどの入れ込みようだった。

そのタイフーンが突如として解散宣言をしたのはついこの間、七月下旬のことだった。

特にこれといって趣味もないわたしはこれまで何度か一花ちゃんと一緒にタイフーンのコンサートに行ったことがある。バイタリティ溢れる彼女は日本国内だろうと台湾などの海外だろうとチケットが取れると、ちゃちゃっと遠征する。

「旅行ついでに美咲も一緒に行かない？」と誘ってくれるので、わたしはこれまでに数回その遠征旅行に付き合っていた。人生初の海外旅行は台湾だった。本場の小籠包がめちゃくちゃ美味しかったな、とあの時の味を思い出した。

「でも、わたし一花ちゃんに彼氏がいたこと知らなかったな。いつから付き合っていたのか、聞いてもいい？」

そうだ。このことも地味に胸に突き刺さった。一花ちゃんとはそれなりの頻度で会っているのに、今まで彼氏の存在をまったく匂わせなかった。

一花ちゃんは気まずそうに、視線を泳がせた。

「言おうとは思っていたんだけどね……。その……ちょっと恥ずかしくって。わたしが洋祐くん推しなのは美咲も当然知っていたじゃん？」

「うん」

洋祐くんとは一花ちゃんの推しである。

アイドルとして活躍する一方で、彼は俳優業もこなしていてコンスタントに映画やドラマに出演している。

わたしたちと同世代なのだが、童顔で甘いマスクを持っている。弟キャラが似合いそうなその外見に反して彼は幅広い役を演じる。そのギャップが堪らないのだと、一花ちゃんは彼がドラマや映画に出演するたびにきゃっきゃと騒いでいる。

そのため、わたしも洋祐くんが出演する作品タイトルはひと通り知っていたりする。

「実は付き合いたての頃、ファン仲間の一人に、洋祐くんがいるのに、現実の彼氏をつくるって何事だって言われちゃって。かなり重めのファンの子だったから……。わたしも、その言葉を引きずっちゃって……」

洋祐くんのことでワーキャー言っていた自覚があったから現実に彼氏をつくったことを美咲にも言い出せずにいた、と一花ちゃんは続けた。

ファン心理にも色々あるのだろう。けれどわたしとしては、アイドルと現実の彼氏は別物だとの考えだ。

確かに、好きな芸能人を想うベクトルは人それぞれだ。一花ちゃんのファン仲間が彼女に苦言を呈するのも致し方ない。

「わたしはそんなこと言わないって」

「……ですよね」

一花ちゃんが肩を落とした。

「そこまでしゅんとしないで。ちょっと、寂しかっただけだから」

「ううう～、こっちこそごめん。でも、大学時代の友達の中で一番に報告したのは美咲だから。他のみんなには今度会うときに報告するから許して～」

一花ちゃんの気遣いにちょっぴり浮上した。

「そんな怒っていないよ。おめでとう。結婚式はするの？　彼はどんな人？　会社繋がり？　それとも、違うところで出会ったの？」

わたしは矢継ぎ早に質問した。

普段タイフーンの追っかけに多くの時間を費やしていた一花ちゃんは、どうやって結婚を決めた彼氏と出会ったのだろう。やっぱり結婚相談所だろうか。

「あー……うん。最初のきっかけは会社の先輩に連れていかれたバーベキュー」

「バーベキュー？」

「わたしがいい年して洋祐くん洋祐くんって毎日会社で言っているから憐れまれた。友達の友達とか、いろんな人がやってくるバーベキューに連れていかれて、そこで知り合ったのが今の彼」

「へえ……リア充みたい」

わたしには天と地がひっくり返っても無縁なキラキライベントだ。

「正直、最初話しかけられたときはぜんっぜん興味もなかったし。むしろわたしの趣味を馬鹿にしてくるし。なんでこいつと一緒にご飯食べることになっているの？　ってくらい、いつの間にか次会う約束取り付けられてて引いたし！」

一花ちゃんはダンッとテーブルの上に飲みかけのサワーを置いた。それと同時に肩のラインで切りそろえられた髪の毛が揺れる。一花ちゃんは化粧で誤魔化す必要がないくらい、整った顔立ちをしている。

きっとそのバーベキューでも目立っていたに違いない。

「わたし負けじとタイフーンの最推しコンサートＤＶＤ観せたんだよね。連続六時間」

「おおう……」

ファンでもない人にコンサート映像連続六時間はなかなかのものだ。

最初は水と油だった二人の関係が、色々あってそういうことになったのだ、と一花ちゃんは若干悔しそうに語った。

彼女の気まずい感情の裏には、彼氏をつくる気もなかったのに押せ押せで来た今の彼氏さんにほだされて、結果男女のお付き合いに発展したことへの照れ隠しもあるらしい。

「すごい……一花ちゃんをその気にさせたんだ」

「タイフーンの解散で弱っていた心に付け込まれた……」

照れ隠しをする一花ちゃんが可愛い。こういうのも惚気(のろけ)に入るのだろうか。

「でも、結婚と洋祐くんは別物だから！　わたしはこれからも洋祐くんを推していくから」

一花ちゃんが毅然と宣言した。

「彼氏さん、拗ねない？」

「まあ……渋々って感じかな。拗ねたら面倒だからそこは……、適度にご機嫌とってる」

タイフーンの解散発表時、何もしてあげられない自分の無力さをわたしは痛感した。あのとき、一花ちゃんの悲しみを受け止め隣に寄り添ったのが、彼氏さんなのだ。

こういうのは縁なのだろうな、と思った。人と繋がる場所に出かけて、一花ちゃんは今の彼氏さんと出会った。

何もないと嘆いてばかりのわたしは、自分から新しい場所へ行くことに躊躇っていつも同じ場所に留まってばかりだ。

そりゃあ行動を起こさないのだから、なんの縁も運ばれてこない。今年は何かあるといいな、と思うだけでは駄目なのだ。

ただ待つだけのわたしと人が集まる場所へ出かけた一花ちゃん。

置いていかれたと勝手に拗らせているだけの人の元に王子様などやってくるはずもない。しかもこの年にもなって王子様ってなんだ。思考が乙女すぎだろうと呆れた。

一花ちゃんは来春に挙式予定だと教えてくれた。

「わたしの近況はまあ、このへんで。次は美咲の番」

一花ちゃんが弾んだ声を出す。

「え、わたし？　わたしはこれと言って面白い話はないよ」

「美咲は誰か、いい人いないの？」

やはりそう来たか。一花ちゃんの目がきらっきらと輝いている。

わたしは今まさに食べようとしていた真鯛（まだい）の香味揚げを取り皿の上に戻して、テンションン高めに笑い飛ばす。

「ええ～、わたしは特になんにもないよ」

「そうなの？　会社の同僚とかは？　前にカッコいい人がたまに来るとか言っていたじゃん。いい人できたら紹介してよ」

そういえば忽那さんのイケメンぶりを一花ちゃんに話したような気がする。

「あれはテレビの中の俳優と同じ感覚だよ」

「美咲髪の毛切ったじゃん。それに、色も入れたよね？　うん、似合っているよ～。てっきり何かいいことがあったんじゃないかと思ったんだけど」

「これは、別に。ちょっと思うことがあって」

鎖骨辺りまで短くなった髪の毛がさらりと揺れた。

わたしがなんの前振りもなく髪を切って染めたものだから、今週は会社の同僚にも質問攻めにあった。どうして髪型を変えると恋のイベントがあったと深読みしてくるのか。理解不能だ。

「ええ〜、なになに？」

「実は……」

わたしはここ最近あった出来事をかいつまんで一花ちゃんに話して聞かせた。

「うーわ。そういう子いるよね〜。気にしなくていいよ。そういうちょっと意地悪な子の言うことなんてさ」

聞いた一花ちゃんは口をへの字に曲げた。

「うーん、でも心にぐさっと来ちゃったわけだし。確かにわたし女子力低めだったし」

「可愛くするのは悪くはないよ。問題は美咲がそれを楽しんでいるかっていうこと」

「わたしが？」

「そう。なんでも好きじゃないと長続きしないよ。わたしはこれからも洋祐くんを応援していくわけだし。そのくらい好きが必要なの！　美咲、おしゃれも推しも強制されても続かないんだからね！」

「う、うん……」

ずい、と身を乗り出す一花ちゃんの気迫に押されたわたしはゆっくりと頷いた。

「わたし、髪型チェンジして気分がふわっとしたっていうか。思った以上に楽しくなったから。ちょっと試行錯誤してみる」

「あー、分かるかも。髪型変えるとめっちゃ気分変わるよね」

金曜日のダイニング居酒屋はテーブルが八割ほど埋まっている。雑多な空気の中、テーブルの上のお酒と料理を消費しつつわたしたちは会社の愚痴、おすすめの美容動画や話題の食べ物の話で盛り上がり、それから結婚の話にまた戻って。

わたしは手元にある柚子(ゆず)蜜酒をごくっと飲む。

「一花ちゃんが羨ましい。わたしも、誰かいい人が見つかればいいのに」

三杯ほどグラスを重ねたせいか、つい、本音が漏れてしまう。

「まだうちらなんて二十九じゃん。これからだって。ほら、会社とかにいないの？　かっこいい人たまに来るって言っていたじゃない」

一花ちゃんが運ばれてきたばかりのハイボールをごくごく喉へ流し込み、さっきと同じ話題を振ってきた。

「忽那さんはエリートだもん。グループ会社の一社員なんか相手にもしないよ」

「ふうん。忽那さんっていうんだ。その彼」

「彼じゃないし、なんとも思ってないもん」

「でもイケメンなんでしょ？」

「それだけだよ～。それに……遊んでいるって噂だし」

「噂でしょ？　噂は大体話が盛られて伝わっていくからね」

「でも……忽那さんみたいなイケメンだったら遊ばれても悔いはないかも。むしろいい思い出？」

「ちょっと美咲、しっかりして。今日酔ってる。酔ってるよ」

「酔ってないよ～。まだ三杯しか飲んでないよ」

このくらいじゃ酔わない。けれども口が軽くなっていることには違いない。普段こんな大胆なこと言わないのに。忽那さんにだったら……。って、何考えているのわたし。

これ以上おかしなことを口走らないためにも、このあとはソフトドリンクに切り替えよう。


世間でいう、お盆の八月十五日。

この日の気温も朝からぐんぐん上昇した。家から会社までの道のりでぐったりしてしまう。

八月のど真ん中ということもあり、オフィス内はどこか寂し気だ。夏休みは交代制で取るのだけれど、帰省組の休みはこの時期に集中する。

わたしはといえば、特にどこかへ行く計画も立てなかったため、連休ではなく何週間かに渡って土日に休みを一日、二日くっつけて夏休みを取っている。おかげで週三日勤務だったり四日勤務だったりして八月は心にゆとりがある。

今日はわたしにとって一応意味のある日というか誕生日だ。けれども社会人にとっては普通の平日と変わらない。

「お先に失礼します」

「おつかれ、真野さん」

仕事を切り上げ、オフィスを出たのは定時を少し回ったあと。外はまだ暑い。

結局今年も何もないまま、二十九歳になってしまった。

何も行動しなければ、何もない日常を繰り返すだけ。せっかくの誕生日だというのに、心がささくれ立っている。

何か、気分を変えようと思い立つ。

「せっかくだから、ケーキ買って帰ろうかな」

うん、そうしよう。繊細で丁寧に作られた華やかなケーキを買えば気分も上向くはず。

確か、この間買ったファッション誌に掲載されていたパティスリーがこの近くにあったっけ。スマホを取り出して店名を検索画面に打ち込んでみる。

わたしは検索結果を頼りに、丸の内方面に向けて歩き出した。

もう夕方なのに、肌を撫でる風はまだ熱気を孕んでいる。額に汗がじわりとにじみ出てくる。

丸の内仲通りを右に曲がったところで、爽やかな声に話しかけられた。

「真野さん。今帰り？」

「忽那さん！」

まさかこんな道端で忽那さんに会うとは思わなかった。こんなこと初めてだ。

彼の勤める四葉不動産の本社は丸の内、いや大手町にあったはず。だとすると、今は取引先からの帰りだろうか。

この暑さの中、スーツをびしりと着こなす忽那さんはオフィスにいるときと変わらず、爽やかオーラを漂わせている。

イケメンは、この暑さと別次元を生きる生き物なのかもしれない。そんなことを本気で考えてしまった。

「お仕事の帰りですか？」

突然の遭遇に当たり前のことを聞いてしまう。

「ああ、取引先からの直帰。さっき打ち合わせが終わったんだ」

「お仕事、お疲れ様です」

「真野さんもこれから帰るところ？　何線に乗るの？　途中まで一緒しよう」

「あ、わたしはちょっとここに寄ろうかと」

わたしは忽那さんの後方に視線を向ける。

すぐ目の前がお目当てのパティスリーだ。日本人男性の名前を冠するこの店は本場パリにも出店している人気店とのこと。店構えからしてスタイリッシュだ。

「ケーキ店？」

「ケーキ店ですね……きょ、今日誕生日なので……ケーキを買って帰ろうかと」

わたしはつい余計なことまで口走ってしまった。

会社外で忽那さんと出くわしたことに、自分で思う以上に動転しているらしい。

「そっか。真野さんは今日が誕生日なんだ。おめでとう」

「ありがとうございます」

忽那さんはいつもと変わらない清涼な笑顔と声でお祝いの言葉をくれたから、わたしもなんの屈託もなくお礼を言うことができた。

「そうだ。せっかくケーキ買うなら今食べていかない？　俺でよければ真野さんの誕生日祝わせてよ」

「えっ！」

思わず素っ頓狂な声が出てしまった。それくらい彼の提案は思いがけないものだった。

「家で食べるのも今ここで食べるのも一緒だろう？」

「え、ええ……？」

確かにそうだけれど。心の中は大騒ぎだ。

だって、こんな風に男性から誘われたこと、これまでの人生でただの一度もないのだから。

四葉不動産屈指の人気者と地味なわたしが二人でカフェ……。そんな恐れ多すぎる！　返事を躊躇っているうちに忽那さんは「暑いから中に入ろうか」と店の扉を開けてしまった。必然的にわたしも中に入ることになった。

気が付けばパティスリーの奥に併設されているカフェスペースへ案内されていた。

目の前に座っているのは紛れもなく、あの忽那さん。

出されたお水をこくりと一口。その冷たさに体が喜ぶ。喉が潤っていく清涼感に現実逃避していると、店員さんがドリンクメニューを手渡してくれた。

「真野さん、洋菓子も食べるんだね」

「はい。普通に食べますが」

「てっきり和菓子が好きなんだとばかり思っていたから」

「どちらも公平に食べますよ？」

わたしが答えると、忽那さんが苦笑いを浮かべた。どうしたのだろう、と忽那さんの様子を窺う。彼は「なんでもないよ」とすぐに平素の大人の余裕を醸し出す微笑みを顔に浮かべた。

夕食前の時間帯だからか、カフェスペースにいるのはわたしたちともう一組だけ。

店内は白を基調とした洗練された雰囲気で、普段愛用しているチェーン系の店とはまるで違う。ゆったりとした上品な空気はまるで日常から切り離されたようでもある。

本当に、どうしてこんなことになっているのだろう。

わたしのぽんこつな脳みそでは理解が追い付かない。

「注文はケーキセットでいいかな。ケーキはあっちのショーケースから選ぶみたいだね」

「そ、そうですね。たくさんあって迷いますね」

緊張からか、返事をする声が若干上擦ってしまう。

改めてドリンクメニューに視線を落とすと、一口にお茶といっても茶葉やフレーバーの種類がたくさんあって、どれにしたらいいのか迷ってしまう。しかし暑いためアイスティー一択だな、と頭の中の冷静な部分から突っ込みが入った。

「今日は俺のごちそう。なんでも好きなもの頼んで」

「え、でも。悪いので」

「真野さんの誕生日、俺に祝わせてって言ったでしょ」

「……でも」

「真野さん」

「……はい」

イケメンの迫力に負けてわたしはつい頷いてしまった。

ごちそうするくだりが自然すぎて、さすがは手慣れているなと考えてしまう。

――ああいう爽やかそうなのに限って裏では遊びまくってんのよ――

ふと、この間の小湊さんの台詞(せりふ)が脳内に蘇(よみがえ)った。

わたしは改めて忽那さんを見やる。

涼やかな目元にスッと通った鼻梁(びりょう)。髪の毛はスタイリング剤を使用して適度に固めていて、清潔感のある印象を与えている。

わたしみたいな地味で目立たない女子も気軽に誘うくらいにはきっと、女性に慣れているのだろう。もちろんわたしは誤解したりしない。仕事で関わることも多いから、これはきっと忽那さんなりの社交術なのだ。

わたしは迷った末にカシスのケーキを選んだ。

待つこと数分、ケーキが運ばれてきた。長方形のケーキの断面はムースとジュレとスポンジなどの彩りが芸術品のように美しい。

こんなにも手の込んだケーキを食べるのはいつ以来だろう。繊細なケーキにフォークを入れることが惜しくなってしまう。

「いただきます」

それでも目の前の甘いものの誘惑に逆らえず、カシスのケーキを口へ運ぶ。

「美味しいです」

「うん。俺も甘いものの気分だったから嬉しい。甘さ加減もちょうどよくて、うまいな。いいお店知っているんだね、真野さん。さすが日比谷女子」

忽那さんはシトロンのチーズケーキを頬張っている。白と黄色のコントラストが夏らしい佇まいを醸し出している。

そっか。今日、忽那さんは甘いものが食べたかったのか。

彼が何気なく口にしたであろう、その言葉に胸の奥がほんの少しだけちくりとした。

先ほどちゃんと納得したではないか。忽那さんの今日のこの行為に他意はないと。

「いえいえ。わたしもここに来るのは初めてです。雑誌に載っていたので、来てみただけです。忽那さんのほうこそデートで来ていそうです」

「そんなことないよ」

な、何を言っちゃってるのわたし。変なことを口走るから忽那さんが反応に困って苦笑いを浮かべてしまった。

「わたし、普段はチェーン系のカフェで友達と長話をするくらいなので。ほんとう、美味しいですね、このケーキ。お土産に何か買って帰ろうかな」

変な空気を吹き飛ばすように、わたしは努めて明るい声を出した。これ以上おかしなことを言わないよう、ここは無難に共通の話題を振ってみよう。

ケーキを食べつつ、仕事の話をしていると、徐々に落ち着いてきた。

「真野さんとこうしてゆっくり話すのって初めてだね。この間の暑気払い、参加じゃなかったし」

「あの日は先約があって」

「友達と？」

「はい。大学時代の友達です。今度結婚するんですよ」

「そっか。おめでとう」

「って、わたしじゃないですよ」

わたしは自虐的な笑みを浮かべて、アイスティーを喉へ流し込む。

「わたしなんて会社と家との往復で出会いも何もなくて。この間母から連絡が来たと思ったら、結婚相談所への入会を勧める話だったくらいで」

あれ。何を話しているのだろう。つい口が滑って誕生日を前に母からスマホに来たメッセージの内容を暴露してしまう。話の繋げ方が下手にもほどがあるだろう。

それは数日前のことだった。「誕生日も近いし、久しぶりに顔を見せなさい」と帰省を促すメッセージを母から受け取った。

最近連絡していなかったな、と電話するとなぜだか話題がパート先の同僚の近況へと移った。どうやら同僚の娘さんが結婚相談所に入会して、二カ月で男性と出会って結婚を決めたらしい。

そうか、結婚相談所って流行っているんだ、と一人きりの部屋で若干遠い目をしていたら「色々話を聞いていると、美咲にぴったりだと思ったわけよ」とわたしに入会を勧めてきた。どうやら誕生日は口実で、母の本音はわたしに結婚相談所へ入会させることだったらしい。

「真野さん、入会するの？」

忽那さんがびっくりした顔を作った。

突然に仕事でしか繋がりのない人間からプライベートな話題を出されても反応に困るというものだ。ごめんなさい、と心の中で謝った。

「え、いいえ……」

「そっか。うん。真野さんは俺に比べたら全然若いんだから、そんなに急ぐこともないって」

「結婚相談所はまだ考えられないですけど、出会いって自分から探しに行かないと駄目なのかなって。そこは最近考えるんですよね」

「探しに行くよりも、案外近くに誰かいるかもしれないよ」

「だといいんですけどね」

わたしは力なく微笑んだ。

そんな都合のいいことが起これればこの年まで処女を拗らせていないと思う。

入れ食いの忽那さんには分からない悩みなんだろうな、と渇いた心が呟く。

彼の場合、自分から動かなくても周りが放っておかないだろう。

「忽那さんは爽やかだし優しいので、ひそかに慕っている人が多そうです」

「どうかな。俺もここしばらく決まった相手はいないし」

駄目だ。忽那さんに気を使わせてしまった。わたしは微苦笑を浮かべる彼の顔に罪悪感を持った。

「わたしの友達はバーベキューで彼氏をつくったそうなので、そういう色々な人がいる場所に行ってみるのもいいかもしれませんね」

そのせいか、恋愛偏差値ゼロのくせに、絶対にわたしよりも経験豊富であろう忽那さんにアドバイスめいた言葉を掛けてしまう。

「真野さんも、そういう場所に行ったりするの?」

「お恥ずかしながら……これまではあまり。でも、これからはいろんな場所に出かけてみようかと思います。飲み会にも積極的に顔を出してみようかと」

「そう……なんだ。会社関係も？」

「はい」

なぜだか忽那さんが確認をしてきたから、わたしはゆっくりと頷いた。

これまでのわたしは、行動範囲を広げる努力をしてこなかったし、目下の懸案事項は、この年まで手放せなかった処女をどうにかしたいということ。長く持っていればいるほど、手遅れになるような気がするから。

さすがにこんな本音は口に出せるはずもなく、わたしは敢えて明るい声を出す。

「それに、色々な場所に出かけるのも楽しそうですよね。今日初めて来たここも、とても素敵な場所ですし」

「そうだね。俺も一人だと入りづらいから、今日は真野さんに便乗して非日常を味わえたよ。それに真野さんが洋菓子も好きだってことも分かったし」

お互いお皿の上からはケーキがきれいになくなっている。

そろそろこのお茶会も終わりに近付いてきている。

思いがけず二人でケーキを食べることになって、最初はどうなることやら、と緊張したけれど、穏やかな時間が流れていることに心が緩んだ。

ああでも、わたしのトークスキルのなさが際立っていたけれど。それを確認することができたことも、結果よかったのだ。

わたしの話にもきちんと付き合ってくれた忽那さんは優しい人なんだなあ、としみじみ感じた。きちんと目を見て話を聞いてくれると、女性は勘違いをしてしまうものかもしれない。

現に忽那さんと二人きりでケーキを食べたわたしは、彼の特別になったかのような錯覚を覚えそうになった。男性への免疫のなさが如実に表れていて悲しくなる。けれど流れるような仕草でわたしを誘ってくれた忽那さんになら、全部を託してみたい気もする。

きっと、彼のような人ならば、わたしのような拗らせ処女だって優しく扱ってくれるに違いない。むしろ遊んでいる人のほうが重たく感じることなくもらってくれそうだとも思う。

「ちょっとごめん。少し緩めていいかな」

ぼんやりしていると忽那さんがわたしに断りを入れた。

シャツのボタンを外してネクタイを緩める仕草に、わたしはつい見惚（みほ）れてしまった。ボタン一つ外すだけの仕草がとても色めいていて、慌てて視線をよそに向けた。

色気がダダ洩（も）れですけれど！　きっちりネクタイを締めていた忽那さんも素敵だけれど、オフ感を出した彼のこの、言いようもない雰囲気はどうしたことだろう。

心臓がばくばくと鳴り出して頰が熱くなった。

きっと、不埒（ふらち）なことを考えていたせいだ。

「どうしたの？」

「いいえ！　なんでもないです」

わたしは先ほど忽那さんに対して抱いた考えを慌てて頭の中から追い払った。

「最近忽那さん来てくれなぁーい」

終業後にそんな鈴木さんの嘆き声がこちらまで聞こえてきた。

「そんなしょっちゅう来るわけないじゃんねぇ」

ぼそりと突っ込みを入れたのは小湊さんだ。

確かに、それはそうだ。そもそも忽那さんは役職持ちで部下もいるのだから、彼がわざわざ足繁（あししげ）くうちの課に通う必要はない。

「忽那さんも忙しいから、さすがにうちにばかりかまけているわけにはね」

別の男性社員も苦笑顔だ。

わたしはパソコンの電源を落として帰り支度を始めながら、つい考えを口に出してしまう。

「やっぱり、鈴木さんて忽那さんのこと好きなのかな？」

「どうだろ」

わたしの独り言に小湊さんが答えた。

かなり冷めた声だった。彼女はその声同様に冷たく鈴木さんを一瞥する。

「あ、真野さんまだいた。小湊さんもちょっといい？」

鞄を持って席を離れようとしたところに、更科課長が戻ってきた。先ほど、スマホで通話しながら、空いているミーティングルームへ歩いていったのだ。込み入った用件だったらしいが、案外早く終わったようだ。

「どうしたんですか、課長」

わたしたち二人を連れて歩き出した課長は、推進課から少し離れたオープンスペースで立ち止まった。

「オフレコなんだけどね。今度うちの課と不動産のメンバーでちょっとした懇親会をしようって話が出ていてね」

課長が声を潜めた。

「懇親会ですか」

わたしと小湊さんが顔を見合わせる。

「そう。忽那さんの企画で。うちの課と不動産で、もっと親睦を深めましょうっていう趣旨」

「へぇ。忽那さんマメですね」

小湊さんが相槌を打つ。

「ってことだから、小湊さんと真野さんも予定空けておいてほしいんだわ」

「いつ頃ですか？」

「九月の頭だって。たぶん週末」

わたしは脳裏に予定表を思い浮かべる。つつましい生活をしているため、予定は特に埋まっていない。

大人数のお酒の席はあまり得意ではなく、正直言うと面倒くさい。適当に理由をつけて断ろうかな、と考えたとき、忽那さんとの先日のやり取りを思い出した。

そうだった。これからは積極的に人の集まりに顔を出すと彼の前で宣言したのだった。

それなのに彼が幹事の飲み会をすっぽかすわけにはいかない。

自分を変えると決めたのだから、場慣れするためにも参加したほうがいい。

「ちょっと急だけど、その分会費は安いって。推進課の女性は千円でいいって」

「うわー、太っ腹。真野さんも行くよね？」

小湊さんのテンションが途端に高くなる。

「はい。参加します」

「よかった。せっかくの会だし、できるだけ参加してほしくて」

女性二人の参加を取り付けた課長はホッとした顔になった。

出世頭でもある忽那さんが発案したのだから、参加メンバーが少ないと示しがつかないのだろう。

「うちからも人を多く出したほうがいいなら、他の課に声を掛けてみてもいいんじゃないですか？」

わたしは単純に疑問に思ったことを口にした。

「小湊さんや真野さんみたいに落ち着いた子ばかりじゃないでしょ。一応仕事の一環でもあるわけだし、きゃあきゃあ騒がれても困るのよ」

課長はさらに声を落とした。

「そうですね～。隣の課の女の子が来ると無駄にうるさく騒ぐだけでしょうし」

小湊さんも乾いた声で続けた。

「そういうわけだから、できるだけ口外はしないでね」

「漏れると思いますけど」

「それでも、よ」

用件が済んだ課長は忙しいのか「じゃあよろしくね」と言って離れていった。

急に決まった飲み会の話は、案の定どこかから漏れて、数日後にはわたしの元にも羨む声が届いた。四葉不動産の男性と仲良くなって合コンをセッティングして、という切実な願いをわたしに託すのはいいけれど、人選ミスは否めない。

その日、いつものように掛かってきた外線電話を取ると、忽那さんからだった。

時候の挨拶のあと、彼は『今回は真野さんも参加してくれるんだね』と少し弾んだ声を出した。

「はい。せっかくの機会ですので」

『参加してくれてよかった』

電話越しだからだろうか。耳元で優しい声を出されて、妙に意識してしまう。これまでこんなこと一度もなかったのに、やはり一緒にケーキを食べたことを引きずっているらしい。

「はい。あの、会費の件もお気遣いいただき、ありがとうございます」

『気にしないで。来てくれるだけで嬉しいから。そうだ、真野さん何か食べたいものある？』

「食べたいものですか？」

わたしはしばし押し黙った。こういうとき、何がいいのだろう。優柔不断なわたしは即決できない。だが、電話越しに待たせるのもよろしくない。

そういえば、と思い出した。確か小湊さん、肉が食べたいと最近言っていたではないか。肉料理なら男性も満足するはず。

「でしたら、お肉料理はいかがでしょうか。男性も多く参加されるとのことですので、満足いただけるかと」

『そうだね。それは確かに。でも、真野さんたち女性は肉料理よりもヘルシーな料理のほうが好みじゃないのかな？』

うーん、難しい。やはりわたし一人では決められない。ひとまず通話を保留にさせてもらって、素早く小湊さんに相談した。

彼女は目を輝かせながら即座にメモを書いてくれた。

「ここ、行ってみたかったんだよね。可愛くおねだりしておいて」

小湊さんの即断できるところを見習いたい。

「ええと、お待たせしました」

わたしが店の名前を告げると、忽那さんが『了解』と明るい声を出した。その間にさらに追加でメモが渡された。わたしはそれを読み上げる。

「ええと、のちほどグルメサイトのページを添付してメール差し上げます」

『分かった。色々ありがとう』

「いえ……」

すべて小湊さんのファインプレーによるものだ。

『当日、楽しみにしている』

「はい。わたしも楽しみです」

そのあと、忽那さんは本題に入るため推進課の別の社員に取次を頼んだ。

受話器を置いて息を吐くと小湊さんが椅子ごと近寄ってきて「グッジョブ！　真野さん」と目を輝かせた。

「いえ。小湊さんが決めてくださったようなものです」

「うふふ。楽しみだなぁ。肉！　当日はお昼少なめにしなくっちゃ」

小湊さんの頭の中はすでに肉でいっぱいのようだ。せっかくの食事会なのだから、わたしも当日のお昼は重たいものを食べないようにしておこう。


「かんぱーいっ」

参加者の掛け声と共にテーブルのそこかしこでグラスが合わさった。

九月最初の週末、忽那さん企画の懇親会は、小湊さん推薦のダイニングバルで行われることになった。会社からもほど近い、ＪＲ高架沿い近くの店だ。

「はいはい。サラダ取り分けますよー」

小湊さんがてきぱきと各人の取り皿の上に、ほうれん草とベーコンのサラダを取り分けていく。

今日の参加者は総勢二十三人。大きな長方形のテーブル二つに分かれて座っている。

四葉不動産側の参加者が思いのほか多いのは、忽那さん企画だからとも言われている。

参加者の中にはいかにも仕事ができます、というようなオーラをまとった女性もいて、ただのアシスタント的役割のわたしがこの場に参加をしていていいのか今更ながらに自問した。

「ありがとうございます」

わたしは出遅れたと、恐縮して小湊さんにお礼を言った。

「いいって。早くお皿空けないと次来ちゃうし。わたしの本命ももうすぐやってくると思うんだよね」

小湊さんがうっとりした声を出す。

彼女のお楽しみは熟成牛肉のグリル盛り合わせと厚切り牛タン焼き。着席するなり「今日はこれを食べるためにお腹を空(す)かせてきました！」と宣言した。

取り分けられたサラダや他の料理を摘まんでいると、店員さんがピンク色の美しい断面をしたグリル肉を持ってきた。

「わぁぁ。美味しそう！」

小湊さんが今日一番の歓声を上げた。

分厚く切られた国産牛は部位ごとに大きな木皿にのっている。確かにこれは食欲を刺激される見た目だ。

「小湊ちゃん、お食べ、お食べ」

喜ぶ小湊さんに同じ課の社員が声を掛ける。

「はい！　わたし今日の昼はサラダだけにしましたから！」

「小湊ちゃん本気すぎだろ」

「美味しいものを美味しく食べる努力と言ってください」

小湊さんがキリッとした声を出しつつ取り皿に肉を取り分け、ぱくっと口に入れた。

「んまぁぁぁ〜」

堪らない、とばかりに体を震わせている小湊さんに、同じテーブルに座る人たちが温かい視線を向けている。

「俺たちも早く食べないと小湊さんに全部食われるぞ」と誰かが言うと「それはやばいな」とみんな一斉に肉に群がった。

「真野ちゃんももっとガツガツいかないと、肉なくなっちゃうよ」

「あ、はい、課長。もちろんいただきますよ」

グルメサイトのメニューを小湊さんと一緒に見たときから、楽しみにしていたのだ。

わたしもトングでグリル肉を取り分けて、一口食べた。

ぎゅっと噛みしめると肉汁がじゅわっとにじみ出て、口の中に幸せが広がった。

「美味しい」

普段食べている安売りのお肉とは全然違う。さすがは熟成肉。なんだろう、肉の味が凝縮されている気がする。

「真野ちゃん、よかったねえ」

更科課長は飲み会の席になると普段よりも少しだけ砕けてわたしたちを呼ぶ。

お肉の美味しさに感動して、生搾りレモンサワーを飲んでいくうちにわたしの緊張もいくらか解けていった。

四葉不動産の人たちが、わたしが考えていたよりも気さくで話しやすいのも大きい。

同じ課の男性陣も彼らとは普段から馴染んでいるのか、和気あいあいと仕事の話で盛り上がっている。

いくつかの料理の皿が空になる頃には、小さなグループがちらほらできあがっていて、それぞれに会話を楽しんでいた。

小湊さんは周辺の男性社員を巻き込み、共働き夫婦における家事分担の不公平感について叫んでいる。小湊さんは色々と思うところがあるみたいで「家が散らかっていても、なんもしないいんだよ」と続けている。

周囲に座る人たちの話し声に耳を傾け、時折相槌を打っていたら、グラスが空になっていた。それに気が付いた近くの参加者がドリンクメニューを渡してくれる。

「真野さん、次何飲む？」

「真野ちゃんも一緒に飲む？」

すでにほろ酔いでご機嫌な更科課長が焼酎のボトルを持ち上げた。

「割るものもたくさんあるよ」

「い、いえ。焼酎はやめておきます」

次どうしよう、と迷ったわたしはジンジャーハイを頼むことにした。

オーダーを入れたあと、一度トイレに立って戻ってくると、席替えが行われていた。

運よく、わたしの元の席は空いたままだった。そこに腰を落として、某同僚の鉄板ネタである旅行先のドイツでツアーバスに置き去りにされた事件を聞きながら、ジンジャーハイを喉に流し込む。

どうやら知らず知らずのうちに同僚たちのペースに合わせてしまっていたようで二杯目も飲み干してしまった。

「真野さん、何か新しいの頼む？」

「え、ええと。どうしようかな……って、忽那さん！」

わたしに飲み放題メニューを渡してくれたのは、なんと今日の幹事、忽那さんだった。一体いつの間に。驚くわたしの隣に座っている忽那さんがにこりと機嫌のよい笑顔を浮かべた。

「今日は来てくれて嬉しいよ。飲み会で一緒するの初めてだよね」

「忽那さんこそ、幹事お疲れ様です」

「最近は後輩に幹事任せることが多かったから、久しぶりで懐かしかった」

忽那さん自身お酒が入っているせいか、オフィスとは違い、砕けた雰囲気をまとわせている。

いつもとは違う色気のようなものがにじみ出ていて、目のやり場に困った。わたしは渡された飲み放題メニューに集中した。

もしかしたら、シャツのボタンが一つ空いているのも関係しているのかもしれないなど考えてしまう。駄目だ、これでは自分が欲求不満のようではないか。

「どうしたの？」

「いいえ。なんでも」

急激に顔に熱が集まったような気がして、とっても恥ずかしい。室内が若干熱いせいだということにしておこう。

わたしはなんとか平静を取り繕い、「次は梅酒のソーダ割りにします」と答えた。

「オーケー」

忽那さんがすかさず店員さんを呼び止めた。店員さんが去ったあと、再び彼が話しかけてくる。

「今日はゆっくりしてて。あ、ほかに食べたいものも頼む？　今日は頼んだもの勝ちだよ」

ちなみに今日はコースではなく、料理はアラカルトだ。

「いえ、先ほどから色々と摘まんでいるので。お肉、美味しかったです」

「確かに真野さんおすすめの店だけあって、どの料理も美味しかった」

「いえ、正確には小湊さん推薦ですよ」

わたしは小さな声で訂正した。

「熟成肉の盛り合わせ、大好評だったよ。真野さん食べた？」

「はい。とっても美味しかったです」

「よかった」

「忽那さんも食べましたか？」

「一切れ摘まんで同僚と話をしていたら、大皿が空になっていてびっくりした。真野さん、今度改めて食べに来ようよ」

「ええっ？」

お酒？　お酒が入っているから？

男性免疫ゼロのわたしには忽那さんの言葉が冗談なのか本気なのかまったく分からない。

いや、冷静に考えよう。これは社交辞令に違いない。

話の流れでそういうことになったのだから、突然無表情になられると忽那さんが対応に困ってしまう。

「あはは。やっぱり駄目かな」

わたしが答えに窮していると、忽那さんが笑い声を上げたから、慌てて返事を口に乗せる。

「いえ。大丈夫ですよ。機会があれば」

「それって遠回しに断っているってことだよ、真野さん」

別の男性社員が茶々を入れた。

「そんなことないですよ」

わたしは愛想笑いで乗り切ることにした。

「ほんとう？　じゃあ、いつにしようか」

「ええと、忽那さんが忙しくないときで」

ちょうどそのとき店員さんが梅酒のソーダ割りを持ってきてくれた。

助かったとばかりにわたしはごくごくとそれを喉へ流し込む。

今はお酒の力を借りないと駄目かもしれない。

今日の忽那さんはだいぶお酒が入っているのか、飲み会テンションで会話を進めてくる。空気を損なわず対応するために、わたしも少し酔っぱらったほうがいいのかもしれない。

いつもならこのへんでソフトドリンクに切り替えるのだけれど、そういう理由から、わたしは梅酒のソーダ割りを即座に空けてしまった。

「真野さんグラス空だね。次行こうか、次」

「はい。ええと次は――」

別の社員に勧められるまま再びお酒を頼む。

「真野さん、ずいぶんとペース早いけど大丈夫？」

「はい。まったく普通ですよ」

なんだかんだとお酒のグラスを重ねていると、忽那さんが気付かわしげに声を掛けてきた。

確かにいつも以上に飲んでいる自覚はあるけれど、飲みすぎたとか酔っぱらって気持ちが悪いとかそういう変化は何もない。むしろ飲み進めるごとに、楽しい気持ちが増していった。

自分でもびっくりだけれど、どうやらわたしはお酒に強いらしい。というのも、小心者のわたしは実は今日の今日まで、自分のお酒の限界を知らなかったから。酔っぱらってどうにかなるのが怖くて、いつもお酒は二、三杯まででやめていた。

でも、お酒に強いのならば、もう少し飲んでもいいか。

わたしは思いのほか懇親会を楽しんだ。

賑(にぎ)やかだった飲み会を引きずったためか、その日夢の中でも忽那さんが登場した。

夢の中で、わたしは忽那さんととっても仲がよくって、彼の部屋にお泊まりした。

お互いうっすらと汗ばんでいるのに、妙に離れがたくて体をぴたりとくっつけ合っていた。そうするのが自然だと思ったのだ。

「本当に、俺でよかったの？」

しっとりとした声が耳朶(じだ)をくすぐる。忽那さんは幼い子供を愛(いと)おしむように、わたしの頭を何度も優しく撫でていく。

「うん」

何がよかったのか、よく分からないけれど、隣に彼がいることに安心する。

「……順番が逆になっちゃったけど……美咲ちゃん、俺と付き合わない？」

甘さを多分に含む言葉ははちみつをたっぷりかけたパンケーキにクリームと苺とアイスをトッピングしたような魅力溢れるものだった。

「うん」

「ほんとう？　いいの、俺で？」

「うん」

夢の中で、わたしは何度も頷いていた。

自分に都合のいいシチュエーションも、夢ならば納得だ。今日はお酒をたくさん飲んだからいつもよりいい感じに見たい夢を見ることができているのかもしれない。


明け方、うっすら覚醒したわたしは少しだけ肌寒さを感じた。

冷房の設定温度が低すぎたのかもしれない。何か掛けるものが欲しいと思っていると、すぐ隣に温かいものを感じて、それにきゅっとしがみついた。

そうすると何かがわたしの髪の毛を優しく梳いた。

まだ夢を見ているのかもしれない。ええと、さっき見ていた夢は……そうそう、忽那さんが出てきたんだった。じゃあ今わたしの髪の毛に触れているのも忽那さん？

今日の夢は大胆だ。でも、まあいいか。夢だし。

髪の毛を梳く感触が気持ちよくて、眠りが深くなっていく。

「ふふっ……」

最後に笑ったのは夢の中でなのか、はたまた現実でなのか。

とにもかくにも幸せな気持ちで温かいものにすり寄った。

そして次に完全に覚醒したわたしは「ううーん」とくぐもった声を出して、掛け布団の中から這い出した。

なんだろう、体がスースーする。

その理由は即座に判明した。しかし、頭が現実についていけなくて、二度見した。さらにもう一度。

「えっ……ちょっ……えっ……？」

何度見てもわたしは素っ裸だ。上も下も、何も身につけていない。

「え、え、えぇぇ？　ちょっと待って。なんで？　なんでわたし裸で寝ていたの!?」

もう何が何やらさっぱり分からない。頭の中が盛大にパニックになった。

もちろん眠気など瞬時に吹き飛んだ。そして冷や汗が出てきた。

今起きたベッドも真正面に見えるユニットシェルフも、まったく見覚えがない。しかもそこにはスーツやジャケットやらがハンガーにかかっている。まごうことなき男物だ。

一体ここはどこ？　どうしてわたしは素っ裸で見知らぬ部屋のベッドで眠っているの？

これではまるで……まるで……。

わたしの頭の中で、さまざまな知識がざぁっと流れていく。そう、このシチュエーションはまさに、アレではないか。恋愛ドラマや漫画のお約束……。

なんとなく、下半身に違和感がある。普段下着で隠している部分が、ずきりとする。

経験はなくても、情報はすぐに入るのが現代社会だ。

脳内にたくさんの情報が溢れていき、線と線になって繋がっていく。その先に出た答えは。

……要するに、わたし、やっちゃった……？

初めてのあとは異物を体内に受け入れたせいで違和感が残ると聞いたのか読んだことがあるのか、知識として知っていた。

では一体誰と？

わたしは必死になって昨日の記憶を思い出そうとした。

幸いにも二日酔いはないようで、気分が悪いとか頭が痛いことはないのだけれど、別の意味で頭痛がしてきた。

だって……。

「一次会の途中から……記憶がない」

これは大問題だ。わたしは文字通り頭を抱えた。

飲み会途中から家に帰るくだりまでまったく覚えていないのだ。

お酒を飲みすぎると記憶を失くす人がいることくらいは知っていたけれど、まさか自分がその分類にカテゴライズされるとは思ってもみなかった。

それにしても記憶を失くすの早くない？　と心の中でセルフ突っ込みを入れてみる。

そもそも、わたしは自分のお酒の限界を知らなかった。昨日はお酒を飲むごとに楽しくなっていった気がする。

そのせいでつい調子に乗って飲みすぎてしまったようだ。

わたしは引き続き、昨日の記憶を一生懸命ほじくり返した。学生時代テストの解答欄を埋めるときよりも必死だった。

うんうんと唸りつつ、うっすらと何かが引っかかった。

「あれ……？　わたし、夢を見ていたような……」

そう、夢を見たのだ。全裸に衝撃を受けてすっかり失念していた。

夢の中に忽那さんが出てきた。それで、何やら仲良くして、会話していた気がする。

あれ？　なんの話をしていたんだっけ。少し前まではっきりと覚えていたはずなのに、内容が記憶から溶けていく。

「でも……どうして忽那さんの夢？」

疑問が口から突いて出た。

何か、とんでもないことをやらかした気がする。

どうして、忽那さんが夢の中に登場したのだろう。

「まさか……ね……。まさか忽那さんが相手とか……いやいや」

行き着いた答えを即座にセルフで否定した。

さすがにそれはない。だって、あの忽那さんだ。もしも彼がお持ち帰りをするのならば、もっと他にいるはずだ。よりにもよってわたしを選ぶとか……。ないない。

では一体誰が相手なのだ。と無限ループに差し掛かろうとしていたそのとき、スライド式のドアが開いた。

「っ！」

わたしは音に反応して、慌てて薄い夏用の掛け布団を手繰り寄せた。

素っ裸という事態に動揺しすぎて、下着すら身につけていなかったと悔いてもあとの祭りだ。

「美咲ちゃん、起きた？」

ああ、このまま気絶できたらどんなにいいか。

喉が引きつり、まともに声も出せないまま、わたしは部屋に入ってきた男性を見つめた。

目の前には、正真正銘、四葉不動産の、あの忽那航平さんがいる。

彼は明るい色のシャツにダークグレーのカーゴパンツというカジュアルな格好で佇んでいる。こんなときなのに、彼の私服姿に目を奪われてしまう。

「……ん？」

しばらく呆（ほう）けたあと、わたしは違和感を覚えた。

今、彼はわたしのことを美咲ちゃんと呼んだような……。

一晩経ってどんな距離感になったんだろう。いや、とっても縮んだのだろうけれど。駄目だ。さっきからセルフ突っ込みばかりだ。

忽那さんがベッドサイドに近付いてきた。彼はわたしの髪の毛に触れた。そこに感覚などないはずなのに、心の内側をそっと撫でられたような気がして、わたしはきゅっと目をつむった。

「体、平気？」

彼の気遣う声に、喉の奥がひゅっと鳴った。

「初めてだって言っていたから、一応加減はしたんだけど……」

初めてってなんですか。加減て一体なんの加減？　答えなどすでに出ているはずなのに、頭の中で再度ぐるぐると質問が回り出す。

しかも忽那さん、今わたしの目じりにちゅっとキスしましたよね。ちょっと待って。一体これはどういう状況なの！　わたしは反射的に体を後ろへずらした。

「美咲ちゃん？」

忽那さんが怪訝そうな声を出す。

「え……あ……」

わたしは、はくはくと口を動かした。聞きたいことはたくさんあるのに、わたしの口は声を出す機能を忘れてしまったかのようだ。

「お腹空いているだろう？　本当に簡単なものしかないけれど、朝食作ったんだ。そろそろ起こそうと思って……寝顔も可愛かったよ、美咲ちゃん」

寝顔……。このベッドで一緒に眠っていたのならば、確かに見られたのだろう。

問題は一夜明けて、どうして忽那さんの瞳がこんなにも蕩け切っているのか。

すぐ近くでその顔を見てしまったわたしは、こんなときだというのに無駄に胸を騒がせる。

「あの……ですね。今更なのですが……」

「うん？」

わたしの口がようやくその機能を思い出した。

忽那さんの一連の話とわたしのこの姿。ここから導き出される答えは一つしかない。

わたしの初めてのお相手は、十中八九忽那さん。何をしたのかというと、セのつくアレと答えるしかない。

「昨日の一次会の途中から……記憶なくて……あの。わたし、忽那さんと……その……」

この先を言うには少々時間を要した。

「……しちゃい……ました？」

静まり返っていたため、その声は問題なく忽那さんに届いたようだ。

彼は目を見開き、たっぷり十秒は数えたのち、かすれた声を出す。

「もしかして……何も覚えていない？」

わたしはその問いかけにぎこちなく首を下に動かした。


ひとまず着替えたわたしは、そろりとリビングダイニングルームへ足を踏み入れた。

「お待たせしました」

とにかく今は落ち着いて話をすることが大事だ。

二人用のダイニングテーブルの上には朝食が用意されていた。

お皿の上にはオムレツと焼いたベーコンに葉野菜とミニトマトのサラダ。それに、コンソメスープもある。簡単なものと忽那さんは言っていたけれど、十分に丁寧な朝ご飯だ。

わたしは忽那さんの向かい側に着席した。

「冷めないうちにどうぞ」

「……ありがとうございます。あの、いただきます」

こんがりときつね色に焼けたトーストはスーパーでよく見るメーカーの厚切り五枚入りのもの。

流行りの食パン専門店ではなく、わたしでも知っている庶民派パンメーカーの食パンを愛用していることに親近感を持った。

「美味しいです。お料理上手なんですね」

現在すでに十一時近く。食欲などないと思っていたはずなのに、一度口を付けると胃が空腹を主張し始めるのだから現金なものだ。

「いや、そんなうまくはないよ。適当にあり合わせで作っただけだから」

「いえ、それをできるのがすごいといいますか」

忽那さんが作ってくれたオムレツは中がとろとろだった。普段から作っていないと、こうはならない。サラダだって、普段から健康に気を使っていないと、一人暮らしの男性が冷蔵庫に野菜など入れないのではないだろうか。

食べ終わると、忽那さんがコーヒーを淹れてくれて、ようやくわたしたちは本題に入ることにした。

「昨日のわたし、どんな感じでしたか？」

「昨日は、一次会のあと二次会に行って。あ、二次会はカラオケ。美咲ちゃ……いや、真野さん勧められるまま、何曲か歌っていたよ」

「うそでしょ……」

顔から瞬時に血の気が引いた。飲み会はいつも一次会で解散していたから、二次会もカラオケも同僚とは初めてだ。

「二次会のあと、俺と一緒にもう少し飲もうかってことになって、バーに行って」

「ちなみに、それって他に誰かいました？」

「いや、二人で」

「すみません。カラオケで歌ったことも、バーへ行ったことも……まったく思い出せません。それどころか、一体どうしてこんなことになっているのかも……まったく分かりません」

「ええと……。バーでその、みさ……いや真野さんとこれまでの恋愛話になって——」

忽那さんが気まずそうに言葉を濁した。

要約すると、わたしは忽那さんに年齢イコール彼氏いない歴という最重要機密を打ち明けたとのこと。

そして、あろうことか、彼に重たすぎて持て余していた処女を押し付けてしまったと。

あまりのことに、一瞬気が遠くなりかけた。よりにもよって忽那さんに押し付けるとは。図々しすぎるだろう。

この時点でわたしは忽那さんの話を全部信じている。だって、彼はわたしとは違い異性にモテまくりなのだ。わざわざわたしをそそのかしてお持ち帰りするメリットがない。自慢ではないが、異性に告白されたことだってないのだ。

「こういうこと言うと、言い訳をしているようで心苦しいんだけれど、真野さん顔色も普段とあまり変わっていなかったし、言動もしっかりしていたから、全部覚えているものだと思っていた」

「……わたしもまさか自分がこんな風に記憶を失くすことになるとは思ってもみなかったので、本当にご迷惑をおかけしました」

穴があったら入りたい。永久に埋まっていたい。

わたしは深々と頭を下げた。

まさか自分の身にドラマや漫画のような出来事が起こるだなんて。あれだけ厭わしかった処女をあっさり喪失していたことが信じられない。

失って残念な気持ちはないのだけれど、まったく何も覚えていないのもちょっと寂しいと思ってしまったのもまた事実だった。

目の前に座る忽那さんはどんな風にわたしを抱いたのだろう。

わたしは、どんな反応をしたのだろう。などと考えてしまい、顔に熱が集まった。

忽那さんに多大な迷惑をかけたのだから反省するところだ、と自分を叱咤する。

「俺たち、付き合おうっていう話になったんだけど」

「はいぃぃ？」

忽那さんの爆弾発言に、わたしは目玉が飛び出るほどに驚いた。

と、そのときぱっとひらめいた。

「もしかして、夢！　忽那さんが夢に出てきて、何か会話していて……」

「夢……。そうか、真野さんの中では夢の中の出来事になっているんだ」

「いえ、内容はよく覚えていないのですが、夢に忽那さんが出てきたことは覚えていて」

「夢じゃないよ。ことが終わったあと、俺は真野さんに交際を申し込んだ。俺はこのまきみと付き合いたいと思っているし責任を取りたいとも思っている」

「そ、それって……えっと……ひ、避妊とか、そういう……？」

　恥ずかしくて最後まで言うことができなかった。

　まさか、自分が避妊という単語を口にする日が来るとは。人生何が起こるか分からない。

「大丈夫。ちゃんとゴムつけたから」

「あ、はい……。ありがとうございます」

　しっかりとした口調で返ってきてひとまず安心した。

「避妊をきちんとしていただけたのなら……そんな責任とかそういうところまで気を使っていただく必要はないので……」

　このままフェードアウトでよろしいのですよ。そのようなニュアンスを台詞の中にふんわりと混ぜてみる。

　覚えていないのは残念だけれど、まさか酔った勢いで一度寝ただけのみんなの憧れ忽那さんがわたしの彼氏になるなどという超展開は望んでいないし、恐れ多すぎる。

「真野さんは、俺のこと嫌い？　素面になったら生理的に受け付けないくらい嫌？　やっぱり、同世代の若い男のがいいのかな。俺、三十五だしね。四捨五入すると四十だもんな。おっさんとか思うよね……」

「いいいいいえ！　そんなことはありませんよ？　忽那さんはめちゃくちゃカッコいい

と思いますし、正直二十代とか言われても違和感ありませんし、ぜんっぜんおじさんなんかじゃありません！　うちの会社の四十歳のおじさんと一緒にしたら、全世界の忽那さんファンが怒りますよ？」

「それはどうもありがとう」

　忽那さんらしくもない自虐的な台詞に、わたしは大いに反論した。

　その気迫に押されたのか、彼の声が若干棒読みになった。

「い、いえ。ほんとうのことなので」

　その直後、忽那さんがゆっくりと口の端を持ち上げた。

「生理的に受け付けないってことでもないのなら、このまま付き合う方向でいいよね？」

「えええええぇっ。いえいえ、そんなにも早まるのはよくありませんよ⁉　一度寝たくらいの女性と毎回付き合っていては身が持ちませんよ？」

　忽那さん律儀でいい人すぎる。と、ここでわたしは以前小湊さんから教えてもらった彼の噂話を思い出す。

　一見爽やかに見える忽那さんが実は遊んでいる説。あれはきっとこういうことだったのだ。一度寝た女の子と毎回付き合ってあげるから、結果歴代彼女の数がうなぎ上りに増えて、遊んでいるという噂になったに違いない。

「今回真野さんを持ち帰った俺が言っても説得力がないけれど。俺はべつに女性なら誰でもいいってわけじゃないよ。真野さんだから持ち帰った。真野さんのこと、前からいいなって思っていたから」

忽那さんは、こんなときでも女性を持ち上げてくれる。

「もしも、一夜の遊び相手がほしかったのであれば、わたしとはもうことに及んだわけですし、別に正式にお付き合いに発展させる必要もないのではないかなぁ……と」

これで忽那さんと付き合うことになったらわたしの生活に支障をきたす。

だって、こんな正攻法とはいえないやり方で彼女になったと知られたら。いや、その前にわたしみたいな地味女子が忽那さんと付き合っているってばれたら、わたしの平穏な会社員生活が大変なことになってしまう。

どうしよう。ロッカーに置きっぱなしにしてあるナースサンダルの上に画びょうとか置いてあったら。出社したらわたしの机の上に葬式花が飾ってあったら、泣ける自信がある。

「一夜の遊び相手って、俺がそんなチャラい理由で真野さんを抱くわけがないだろう」

「え、でも一見爽やかそうに見えて裏で遊んでいるんですよね？」

頭の中がぐっちゃぐちゃで、わたしはあろうことか本人相手に、この間聞いた忽那さんの噂話をぶちまけていた。

「いや、何それ。そんなこと誰が言っていたの？」

忽那さんの声が若干低くなる。

本人を前にして言ったら駄目なやつ、これ！　わたしの顔が青ざめた。

「別に誰かが積極的に言いふらしていたとかそういうことではなくて。忽那さんに泣かされた女子が不動産の中では多くいるとかなんとか。まことしやかに、都市伝説的な感じで流れていました！」

「それは誤解だよ」

「もちろんですよね」

「本当に思って言っている？」

忽那さんの問いかけに、わたしは視線を少しだけ泳がせた。

朝の一連の仕草だけでも、女性の扱いには慣れていらっしゃいますよね。と心の中で呟いてみる。

「俺もこの年まで女性経験がないとは言わないけれど……。別に過去にそこまで多くの女性と付き合ったってわけでもないし、遊んでもいない。仕事が忙しくて好きでもない子と遊びで付き合うとか、そんな暇はないよ」

「じゃ、じゃあ噂話は……？」

そろりと窺うと、忽那さんはしばし押し黙る。

「俺、酒には強いほうだし、飲んでも顔には出ないんだ。昔から飲み会の席で介抱役に回ることも多かった。それで終電逃した女子の世話とかで、ホテルに押し込んだことはある。もちろん部屋は別々に取るし、何もしていない。そこは信じてほしい」

「はあ……」

忽那さんの顔はとても真剣だった。

わたしとしては、それについては過去のことだし、正直男女の関係になっていようがいまいがどちらでもいいのだけれど。

「あとは、そうだな……。会社で後輩の指導係になって親身に相談に乗っていた最中に告白されることはあった。断ったら、あんなに優しく相談に乗ってくれたのに本気じゃなかったのとか、泣かれた経験なら……ある」

色男も大変そう、という当たり障りのない感想を持った。

「そういうわけで俺は遊びで真野さんを持ち帰ったわけでもない。納得してくれたってことでいいかな」

「……ええ、まあ」

「ほかに心配事は？」

「……特には……？」

「じゃあ、これからもよろしく。美咲ちゃん」

忽那さんは最後にそう言ってにこりと微笑んだ。

＊

あの日、最後二人きりで訪れたバーで。

航平の想い人である真野美咲は少し酔ってはいたけれど、口調も仕草もしっかりしていた。

ほんの少し潤んだ瞳と、隣同士に座るほどよい距離感。ためらいがちに彼女の指に触れると、美咲は少しの逡巡のあと、航平の指に触れ返してくれた。

お酒の勢いを借りて美咲の内側に入りたいと、恋愛観などプライベートに関する話をしていたときのことだった。

「あの……ね。忽那さん……。わたし、実は……今まで男性経験がなくって。わたし、初めての相手は、忽那さんがいいです」

「……真野さん、酔っている？」

「いいえ？」

一瞬、自分の頭の中身が具現化したのではないかと錯覚した。あまりにも航平にとって都合がいい言葉だったからだ。

美咲は首を小さく振った。その頬がほんのりと赤く染まっている。

「やっぱり、駄目かな。この年で処女は重たいですよね」

「いや、そんなことないよ。今まで大切に取っておいたんだろう？　それを、俺がいただいてしまっていいの？」

「うん。忽那さんがいい」

美咲は子供のようにゆっくりと頷いた。あどけない仕草と、匂い立つような色香に、体がぶるりと震えた。本音を言えば、今すぐにがっついてしまいたい。

「俺も男だし。このあと、俺の家に一緒に来たら……止められないよ？」

「部屋に行ってもいいんですか？」

互いの視線が絡み合った。

彼女の透き通るような瞳に、航平は吸い寄せられそうになる。ふわりと絡めた手をぎゅっと握ると、同じ強さで返ってきた。

その後航平は美咲を自宅へ持ち帰った。玄関扉を開けて、彼女を中に入れた途端に余裕なくキスしてしまったくらいだ。

そのまま寝室になだれ込み、美咲を美味しくいただいてしまった。

（まさか美咲ちゃん、全部きれいさっぱり忘れていたとは思わなかった）

週が明けた平日の夕方、航平は自分の席でがっくりと項垂（うなだ）れていた。

大手町にある職場では、誰かが電話する声やパソコンのキーボードを叩く音が聞こえてくる。打ち合わせから帰ってきた航平は溜まっていたメールの返信をしていく。

さっさと今日のノルマをこなさないと、いつまで経っても帰ることができない。

集中力がとぎれた瞬間、頭に浮かび上がってきたのは、先週末の飲み会で持ち帰り、半ば押し切って彼女にしてしまった美咲のことだった。

彼女との時間を取るために気合と根性で仕事を片付け、ＰＣの電源を落としたのは、二十時を回った頃だった。

オフィスに残っているのはすでに少数で、一部フロアは電気が落とされ暗い。

航平も毎日残業三昧でもなく、一応メリハリはつけている。エレベーターホールへ向かって歩いていると、見知った顔とかち合った。

「あ、忽那。来週合コンやるんだけどおまえも来いよ！」

へらりとした笑みを浮かべた男は航平の同期だ。

航平と同じく独身のこの同期の趣味は大勢でぱぁっと騒ぐこと。しょっちゅう飲み会を主催している。主に女性を交えた飲み会だ。そして同期で独身ということもあり、航平は高い頻度でこの男から誘われる。気軽に誘える飲み仲間認定をされているからだ。

その理由というのが。

「やっぱり忽那が来るのと来ないのとじゃ、参加女子たちのレベルが違うんだわ」

「おまえなあ。いっつも言っているけど、俺にそこまでの価値ないだろ。とにかく、俺は駄目だ。他を当たれ」

彼はいつも航平をおだててくるが、そこまで自分の顔に価値があるとは思えない。何しろ、好きな子一人振り向かせることができなかったのだ。

「おまえだってそろそろいい子と出会いたいだろ。次のは某商社の今年の新卒女子だぞ。おまえの写真を相手の幹事に送ったら、絶対に連れてこいって言われたんだよ。俺の幸せがかかっているんだから、よろしくな」

こいつは何を勝手に人の写真を送っているのだ。冗談ではない。そうやって人を巻き込むから、航平が遊び人だという噂が密やかに四葉不動産ビルマネジメントに届いていたのだ。まったくの濡れ衣である。

確かに飲み会には参加していたが、航平は女性を持ち帰ったことなどないし、いつも酔っぱらったこの男の介抱役に回っている。まったくもって時間の無駄である。

だったら断れと言われれば、その通りなのだが、この男の部署とも仕事上それなりに付き合いがあるわけで。飲み会に付き合えば円滑に仕事が回るのであれば、航平にとっては仕事の一環という側面もある。

人には面倒見がいいと言われるが、単に理不尽でないお願いであれば、仕方がないときいてしまう性分なだけだ。絶対に長男だからだと思う。いや、それよりも面倒をかけまくってきたあの弟のせいではないだろうか。

しかし、今日からは違う。何しろこれまでの航平とは一味違うのだ。

「残念だけど、俺は彼女ができた。だから義理とはいえ今後は合コンには参加できない。同じこと彼女にやられたら嫌だろう？」

「えぇぇっ⁉　おまえだけいつの間に……」

「いつの間にだっていいだろ。じゃあな、おつかれ」

「一人だけずるいぞ！　俺にも協力しろ！」となんやかんや叫ぶ同期を無視して、航平はエレベーターに乗り込んだ。

外に出ると幾分風は冷たさを孕んでいるが、秋のそれとはまだほど遠い。今年の残暑も厳しいのか、と内心ごちて地下鉄駅へ向かう。

航平が美咲のことを気にし始めたのは、今手掛けるプロジェクトの関係で四葉不動産ビルマネジメントに出入りするようになってからのことだった。

最初はテナント推進課に所属する一社員くらいにしか思っていなかった。何度か接していくうちに、きめ細やかな仕事ぶりに感心することが多くなっていった。

資料一つとっても美咲の作成したものは丁寧で見やすく、来客応対時の落ち着いた態度にも好感が持てた。

なぜだか航平の周りには高い声を出しつつ過剰ともとれるくらい、こちらの世話を焼きたがる女性社員が多く集まってくる。取引先やグループ会社でもそれは顕著だった。

そんな中、常に一歩引いた姿勢の美咲の態度に好感を持つのは必然だった。

更科もテナントの要望やささいな不満を聞き出すことに長けている美咲を重宝し、評価していた。

いつしか航平は彼女のことをもっと知りたくなり、気が付いたら恋に落ちていた。

仕事での接点が限られるため、後輩に任せておけばいいようなちょっとしたミーティングにも顔を出し、そのおかげで仕事を溜め込むことにもなったのだが、それでも美咲に会えるほうが重要だと日比谷のオフィスに通いつめた。

自宅の最寄り駅で下車した航平はスマホを取り出し、美咲に電話をかけた。先週末に番号を聞き出したのだ。コール音を待つこと数回。

『も、もしもし……？』

少しだけ固い声が耳元をくすぐった。

「こんばんは、美咲ちゃん」

『こ、んばんは……』

航平は無意識に口元を緩めた。

仕事終わりに美咲の声を聞くためだけに電話をする。これこそ彼氏の特権である。

「今、最寄り駅に着いたところ。美咲ちゃんは？」

『今日は定時であがったので……部屋でのんびりしていました』

航平は脳内で、部屋でくつろぐ美咲を思い浮かべてみる。

部屋着はどんなものを着ているのだろうか。九月とはいえ、まだ暑いからショートパンツだろうか。生足を想像した航平は内心悶絶した。冬場はやはりもふもふしたさわり心地の部屋着がいい。断然にいい。

油断すると顔がにやけてしまい、慌てて平静を取り繕う。夜デレッとした顔で歩いていたら通報されてしまう。

『えっと……忽那さん。お仕事お疲れ様です』

「航平」

『え？』

「付き合っているんだから、下の名前で呼んで？」

『っ……そそそれは……あの……ハードルが高い……です』

航平がおねだりをすると、すぐ近くから息を呑む小さな音と、それからとても慌てた声が聞こえてきた。

「ハードルなんて高くないよ。練習だと思って、試しに呼んでみて？」

『え、ええと……』

「美咲ちゃん」

『うぅ……こ、航平……さん？』

（やばい。耳元で航平さんとか。死ねるレベルで萌える）

こちらからねだっておきながら、その破壊力にやられた。耳の近くで緊張を漂わせながらも、必死になってこちらの名前を呼ぶ彼女。なんだそれ。可愛すぎだろ。

「もう一回呼んで？」

『だ、駄目です。は……はずかしい……っ』

「じゃあ今度会ったときにたくさん聞かせてもらう」

『っ……！』

美咲のまたもや息を呑む音が聞こえた。

歩きながらしゃべっていると、航平の住むマンションが見えてきた。大手町のオフィスから地下鉄で数駅、中央区のとあるマンションの一室が現在の城である。朝ぎりぎりまで寝ていられるところが気に入っている。

「そうだ。今週の木曜、早く帰れそうなんだ。美咲ちゃん空いている？」

『ひゃぇっ!!』

「どこか飯でも行かない？」

『ええとですね……こ、今週はちょっと都合が……』

航平が食事に誘った途端に美咲の声が裏返った。その反応に内心苦笑した。色々な段階をすっ飛ばして付き合うことをごり押しした自覚ならあるのだ。

「じゃあ、週末は？」

『と、友達と……約束が……』

「じゃあ、次の週のどこかで仕事終わりに一度会おうか。更科課長に、美咲ちゃんをあまり残業させないようにって念を押しておくよ」

『えぇえっ！　うちの課長に!?』

「あはは。冗談だよ」

『冗談ですよね……よかった……。あの、忽那さん。わたしたちのことは絶対に内緒にしていてくださいっ！』

電話越しからものすごく焦った声が聞こえた。

「分かった。（しばらくは）内緒にしておく」

二人の今後のためにも更科には早い段階で打ち明けておく必要がある。美咲に逃げられないようにするためには、秘密の関係よりも公にしてしまったほうがよい。

『お願いします』

「じゃあお願い事を聞いたかわりに、来週は絶対に待ち合わせしようね」

『……はい』

じゃあまた連絡する、と言って航平は通話を切った。

（やっぱり美咲ちゃん、戸惑っているな）

無理もないと思う。航平が勝負に出たあの日のことを、彼女はきれいさっぱり忘れているのだから。

ずっと美咲に片思いをしてきて、どうにか距離を詰めたいと考えていた。暑気払いがあると聞けばいささか強引に参加を取り付けるほどに。しかし、肝心の美咲が欠席であの日ガッカリしたのは内緒だ。

後日帰り道に美咲と偶然会ったのは僥倖（ぎょうこう）だった。思いがけず美咲の誕生日を知れてケーキを食べて、まるでデートのようだった。

会話の流れで、美咲がそろそろ結婚を考えていることを聞き出した航平はその場で告白をしてしまいたかったが、まったく男として意識されていないことにも気付いていたため、とにかく距離を詰めてしまおうと考えた。

一度、飲みの席で打ち解け、次の約束を取り付ければあとは押すだけだ。どうにか彼女を懇親会に引っ張り出すことに成功し、たくさんのことが重なってお持ち帰りした。

あの日のことを航平は鮮明に覚えている。彼女の声も肌も温（ぬく）もりも全部。

ことが終わった直後、順番が逆になったが付き合おうと交際を申し込めば、彼女はこくりと頷いてくれたのだ。天国が訪れた瞬間だった。

翌日、美咲に記憶がないことが判明し、航平は地の底に突き落とされた。

だが、ここで逃してなるものか、と少々強引に彼氏の座をゲットした。

どうやら美咲は、夢の中で航平と何か話していたことは覚えているらしい。

とにかく、ここからだ。

美咲が航平に慣れていないのならば、慣れてもらえばいいのだ。がっついて幻滅されるのは本意ではないので、しばらくは紳士でいるつもりではあるけれど。

しかし、いつまでこの決意が持つだろう。一度彼女の肌を知ってしまった身としては苦行でしかない。

今後の方針として、美咲に毎日電話とメールを入れまくって自分に慣れてもらう。航平はそう決意を固めた。

＊

「って、何その急行電車並みの超展開。え、ええ、えええええっ⁉」

というのが、わたしの話を聞いた一花ちゃんの第一声だった。

どういうわけだか忽那さんと付き合うことになったわたしは一花ちゃんに報告することにした。正直頭がいっぱいいっぱいで、パンク寸前だった。誰かに、少なくとも男性とお付き合い経験のある人に話を聞いてもらいたかった。

一花ちゃんに彼氏ができたことをメッセージすると、ネコキャラがおめでとうと万歳するスタンプが返ってきた。「なれそめ教えて」と続けてきたから、わたしは「色々事情があって」と送った。そのあと、何往復かやり取りをして週末に会うことになった。折しも忽那さんの誘いを断った建前が本当になってしまった。

わたしたちが今いるのは上野のカラオケ店だ。個室で時間制。ついでにドリンクも飲み放題。

カフェで誰に聞かれているかも分からない状況よりもずっと密談に向いている。ちなみにBGMとしてタイフーンのコンサート映像付き楽曲が無限ループで流れている。音量は下げているし、誰も歌っていないけれど。

「酔ってグループ会社のイケメン課長と一夜を共にって……、美咲よくやった！」

「よくやってない！」

「え、だって四葉不動産勤務のエリートなんて、そうそう捕まえられないよ？」

「わたしは忽那さんと付き合うとか、そんなこと望んでなかった……」

「え、実はベッドの上では、人には言えないような性癖を持っていたとか？」

一花ちゃんが目を眇（すが）める。

「うっ。ちょっと一花ちゃん！」

わたしは慌てて叫んだ。この手の生々しい会話には慣れていないのだ。

それに、人には言えないような性癖って何？　そもそもわたしは何も覚えていないのだ。

「忽那さんは正直、そのへんのイケメン俳優よりもかっこいいし、い、色気もあるし……。優しいし、落ち着いているし、料理も上手だったし。わたしなんかが忽那さんと付き合うこと自体おこがましいレベルに次元の違うすごい人」

「そこまで褒めるってことは美咲だって、悪くは思っていないどころか、素敵な人認識してるってことでしょ？」

「うう……そうです」

わたしは早々に降参した。だからこそ戸惑っている。

だって、恋愛経験も何もない、普通以下のわたしが忽那さんのような殿上人とお付き合いだなんて。どっきり企画か何かのほうがまだ信ぴょう性がある。

「でも酔って覚えていないとはいえ、嫌いな相手にひょいひょいついていく美咲じゃないでしょ。深層心理で、その忽那さんって人のこといいなって思っていたんじゃないの？」

実は、ひょいひょいとついていってしまうような事情があったのだ。わたしにとっては切実な事情が。やはり、この拗らせた感情を説明しなければ話は進まないと思い、わたしは一度アイスコーヒーを口に含んだ。

「……えっとね……引かないでほしいんだけど……」

「うん？」

わたしはごくりと喉を鳴らした。

「わたし……実は、この年まで男性経験がなくて……周りのみんなが結婚したり、決めたりして……焦っていたんだよね。わたしだけ、未だに誰とも付き合ったことがなくって。それで、処女が重たくなってて」

「うん」

一花ちゃんは時折相槌を打ちながら、わたしの長い話を聞いてくれる。

「だから、遊んでいるって噂のあった忽那さんなら、わたしが男性経験ないって言っても引かないでもらってくれるんじゃないかなって、ちょっと思っちゃったんだよね……」

最後の言葉は尻すぼみになった。

あとからあの日の行動原理を考えてみても、そのくらいしか理由が思い浮かばない。

実際、わたしは一度そのような思いを抱いたことがあった。それから、シャツの襟元を緩めた忽那さんが色っぽくて、ちょっといいな、と見惚れたこともあった。

それらの深層心理がお酒の力を借りて浮かび上がってしまった。これがわたしなりの結論だ。

「……なるほどね」

少なくない沈黙のあと、一花ちゃんがゆっくり口を開いた。

「で、その忽那って人はそんなにも普段から遊んでいるの？　なんかこの前もそんなようなこと言っていたよね」

「うーん……本人は否定していたけど」

「聞いたの？」

「ものの弾みで」

「出所不明の噂話も大概だけど。遊んでいる本人もそう簡単に自分は遊んでいます、とは認めないしね」

「……だよね」

「お付き合い続けるの？」

「よく分からなくって。忽那さんがどういうつもりでわたしと付き合っているのか分からないし」

「なんて言われたの？」

「ええと……わたしだから持ち帰ったとかなんとか。チョロそうとか思ったのかな？」

「美咲、自分からそんなこと言ったらいけないって。むしろ、美咲みたいに遊び慣れていない子を持ち帰るほうがリスキーだと思うけど。本気にされたら重そうじゃん」

「わたしは最初から忽那さんみたいなイケメンの本命になれるはずもないから、重たくないよ。だからびっくりしてる」

「美咲、駄目だよ。そんな自己評価低いの。いや、さっきのわたしの言葉は一般論であって……。ていうか、遊ばれてるの前提で話を進めないの」

「そっちのほうが納得できるんだよね」

「美咲は可愛いって。髪の毛色入れて雰囲気も柔らかくなったし、服装も明るめのもの取り入れてみたらいいんじゃない？」

「明るい色かあ。派手じゃないかな？」

「そんなことないよ。よし、じゃあこのあとどっか行こう。上野じゃあれだし、新宿か池袋にでも出よっか」

「どうにか穏便にお付き合いを解消できないかな」

わたしはため息を吐いた。

「何、美咲はその忽那って人嫌なの？」

「嫌というか……」

わたしは言葉を濁した。嫌ではない。好感のほうが勝っている。

どうせなら忽那さんとの一夜を覚えていたかった。拗らせ処女を失くすことができたのだ。行為のとき、どんな気持ちになるのだとか気にならないといえば嘘になる。

……それはともかくとして。

初めてのお付き合いはドキドキの連続なのだ。電話越しの声が妙に甘いと感じてしまったり、忽那さんの笑顔を思い出してみたり。二人で会う約束をしてみたり。

忽那さんの存在がわたしの生活に、今までとは違った色を添えている。なんの準備もできていないのに、こちらにおいでとぐいっと手を引っ張られてしまったような心境なのだ。

「今の状況に甘んじていいのか分からなくて。できることなら、そっと忽那さんの側から消えたい」

自分の気持ちが複雑すぎて、一花ちゃんにうまく説明できない。

一花ちゃんはそんなわたしを見つめてから、ふと視線を外して思案顔を作った。

「別れたいなら……、フラれるほうに努力をしてみる……とか？」

「フラれる努力って？」

「面倒な女だなって思わせて、相手にやっぱこの子はないわーって思わせる」

「なるほど」

わたしはふんふんと頷いた。確かに向こうから嫌ってくれたらお付き合いも早々に終了となる。

「どうすればいいんだろ」

「えー、わたしもそんな恋愛経験豊富じゃないしなあ」

一花ちゃんが頭を抱えた。しばらくそのポーズのまま固まったあと、彼女はテーブルの上に置いたままになっていたスマホを取った。

「そうだ！」

黙ったままスマホを操作していた一花ちゃんが、視線を下に向けながら言葉を紡ぎ始めた。

「例えばどこにご飯行きたいか聞かれたら、お高い寿司店に行きたいって言ってみるとか」

「寿司店？」

「ディナーに誘って高級寿司店やフレンチを即挙げられるとイラッとくるって書いてある。高級ホテルのディナーに行って、他のホテルと比べられるのも萎えるって」

一花ちゃんがスマホの画面をわたしに向けた。

画面には恋愛特集のウェブページが表示されている。

わたしは記事の内容を目で追った。そこには『カレシが萎えちゃうカノジョの行動七選』のタイトル文字。曰く、男としては頑張って店を選んで連れていったのだから、素直に喜んでくれということらしい。

「あ、デートと称してブライダルフェアに連れていかれて引いたっていう体験談が書いてある。これ、いいんじゃない？」

わたしと一花ちゃんは顔を寄せ合って、一緒に記事を斜め読みする。

「そっか。付き合ってすぐに真剣に結婚をほのめかされたら、我に返って逃げたくなるかも」

「わたしの場合は逆だったんだけどね……」

一花ちゃんが陰りのある声を出したから、わたしは「えっ……？」とその顔を窺った。

「ちなみにわたしは引いたわ。ものすごく引いた。だって、まだ付き合いたてだったんだよ。それなのに……。うん、そうだわ。美咲、頑張れ」

「えぇっ、何を？」

「美咲、とにかく頑張ってきなさい。その忽那ってやつをドン引きさせるの」

「え、ええと？」

「まずはデートでブライダルフェアに行きたいって言う。それで、このままこんなことを続けていたら、俺こいつと結婚する羽目になる？　って思わせたら勝ち。ちなみにウエディングドレス店に行くか、指輪を見るためにカルティエとかティファニーに行くのもありだよ。ほら、ここに体験談が書いてある」

「う、うん……」

自分からおねだり、しかも高級宝飾店に連れていくだなんてハードルが高い。

けれどそれを頑張れば、忽那さんに面倒な女認定されるのだ。そうすれば、向こうからわたしとの距離をとり始めてくれる。これはいい手かもしれない。

わたしの中にやる気が湧いてきたそのとき、一花ちゃんのスマホが震え始めた。どうやら着信のようだ。

一花ちゃんは画面を見て「チッ」と小さく舌打ちをして、あろうことかスマホの電源をプチッと切った。

「いいの？」

「いいの、いいの。彼氏からだから」

一花ちゃんはけろりとしている。

「出たほうがよかったんじゃ……」

「へーきへーき。さ、それよりも次会うときの会話シミュレーションをしてみよう」

一花ちゃんはまったく気にしていないようだ。

その彼氏さんと結婚するんだよね？　大丈夫なのかな……？


次の週の火曜日。忽那さんとの待ち合わせの日だ。

場所は会社からもほど近い有楽町駅近くのカフェチェーン店。互いに知った店ということでここに決まった。

当初、忽那さんからは夕食でも、とのことだったが、待ち合わせ初回なので、定時後のコーヒーで妥協してもらった。まずは少しずつ彼との距離に慣れていきたい。それにまだ火曜だし。

今日は朝からなんとなく落ち着かなくて、そわそわして頻繁に時間を確認して過ごしてしまった。

定時前に取引先から電話がかかってきて、少し残業したのち、オフィスを出た。

どうしよう、忽那さんはすでに到着しているかもしれない。

わたしは急ぎ足で待ち合わせの店に向かい、店内に入るなりきょろきょろ周囲を見渡した。彼の姿はなかった。

そのことに安堵（あんど）しつつ、まずは席を確保して、カウンターでアイスカフェオレを注文した。

心を落ち着けるための準備時間がほしいと思っていたのに、着席した途端それとは反対に鼓動が早くなっていく。

これから忽那さんが来る。二人きりで会う。そのことに意識を傾けているせいで、今心電図を取ったら絶対に再検査ってくらい心臓が早鐘を打っている。

落ち着けわたし、と心の中で念じていると忽那さんからメッセージが届いた。

『もうすぐ着く』との一文だけで、わたしの心拍数が再び急上昇する。

もうすぐってどれくらい？　どんな顔で話しかければいいんだろう。彼氏って何？　たくさんの疑問符がわたしの周りを飛び交って騒がしい。

そんなとき、再びスマホに忽那さんからのメッセージが浮かび上がる。『着いた』という一言に、飛び上がりそうになった。

店の入り口付近に視線を向けると、ちょうど店内に入ってきた忽那さんと目が合った。

うわぁぁぁ、本物。心の中は大パニックだった。

本当に来た。夢じゃない。どうしよう。

わたしの動揺などまったく気付きもしない忽那さんはアイスコーヒーを片手にこちらへ向かってきた。

「ごめん。こっちから誘っておいて待たせた」

「いいえ。わたしよりも忽那さんのほうがお忙しいですから。気にしないでください」

「航平」

「え……？」

「今はプライベートなんだから、下の名前で呼んでほしい」

「あ、はい……」

この間の電話でのやり取り再び、だ。

忽那さんがにこにこ顔でわたしを見つめてくる。

これは……、もしかしなくてもわたしが忽那さんを下の名前で呼ぶのを待っているのでしょうか。

期待に満ちた顔をされると、応えてしまいたくなるわけで……。

「……航平さん」

「何？」

「いえ……呼んでみただけです」

目の前の男の人を、ただ下の名前で呼んだだけなのに。心臓がバクバクして騒がしい。

まるで初恋に戸惑う小学生のよう、いや今どき彼らのほうがよほど恋愛経験豊富に違いない。

わたしはちらちらと彼を盗み見た。

忽那さんがアイスコーヒーを飲みつつ「ようやく涼しくなってきたね」と時候のネタを振ってきた。

わたしは助かったとばかりに全力でその話題に乗っかることにする。

「そういえばそろそろ台風が多くなるシーズンですね」

「そんな日に限って外出の予定があったりするんだよ」

「過去にそのような経験が？」

水を向けると、忽那さんがいくつかエピソードを披露した。

よかった。わたし、ちゃんと普通に話せている。

そもそも忽那さんは明るくて、話の膨らませ方がうまいのだ。

話題は台風経験談から残暑、日比谷周辺のお気に入りの店へと移った。わたしは忽那さんに質問されるまま、いくつか行きつけの店を答えた。

「へえ、その辺りの店、俺行ったことないな」

「ずっと同じ場所で働いているので、会社近くだけは詳しくなりました」

「美咲ちゃんと昼待ち合わせてランチデートも楽しそうだね」

「お昼ですか？」

「そう。午後の外出予定と絡めて、出てこられるから。もちろん、ランチだけじゃなくて、週末にどこか行くのもいいな」

忽那さんの笑みが深まった気がした。

わたしはアイスカフェオレをストローで吸った。氷が溶けて少し薄くなっていた。

「今度の週末、どこか行かない？」

「週末、ですか？」

「先約あった？」

「土日のどちらかで、お披露目会用のドレスを選びに行こうと思っていました」

「お披露目会？」

「はい。高校時代の友人が先日結婚しまして。式は親族のみ沖縄で挙げて、二次会的なお披露目会を別途開催するそうで、招待してくれたんです」

航平さんはなるほど、と頷いた。

「俺はどっちも空いているけど。じゃあ、土曜日にする？」

「そうですね。ではそれで」

「どこに行こうか。行きたいところある？」

来た。わたしはごくりと喉を鳴らした。

デートに誘われて、どこに行こうかという話になったら。即ブライダルフェアに行きたい、と言うこと。この間、一花ちゃんとの作戦会議で決まったことだ。

しかし、いざ忽那さんを前にすると、自分にその気がなくても口の中が乾いてくるのはどうしてだろう。いや、このために先ほど歩菜ちゃんの結婚話を挟んだのだ。

「え、えっと。実は……ブ」

わたしは肝心なところで言葉を詰まらせる。

「ブ、ブラ……」

ブラの次のイダルまでなぜ一気に言えないの。

ああ駄目。嫌な汗までかいてきた。がんばれ、美咲。頭の中で自分を鼓舞する。

「もしかしてブランチ？」

「へ？　ええと、ブランチならお寿司が」

今度は高級寿司店というワードが頭の中に浮かび上がった。しかし、高級ってどこの店のことだろう。グルメでもないため、東京の寿司店事情などトンと知らない。

「ブランチでお寿司かあ。美咲ちゃん魚好きなんだね。ブランチか……」

話が違う方向に進んでいって、わたしは慌てた。違う。そうじゃない。本命はブライダルフェアだ。

今ならまだ、軌道修正できるはず。

「いえ、あの」

「あ、そうだ。築地とかどう？　魚好きなら築地でお寿司って楽しそうだよ。今、調べるね」

忽那さんがにこやかにスマホを操作し始める。

「い、いえ……ブライ——」

「ああ、ブリが食べたい？　まだちょっと旬には早いかな。ちょっと待って」

「い、いえ。あの」

確かにブリは美味しいけれど、いやそうではなくて。

わたしが口をはくはくと意味もなく動かしている間も、彼の視線はスマホに釘付けになっている。

「この時期だとカンパチとかサンマが旬だね。サンマか。ひさしく食べてないな。築地も行ったことないし、よさそうだね。店調べておくよ」

忽那さんは早くも乗り気な様子で「あ、この店うまそう」とか、「卵焼きとかおにぎりのお店もあるね」など、弾んだ声を出す。

「じゃあ土曜日は築地の場外市場でお寿司を食べようか」

「え、ブラ――」

「ブランチよりも、場外市場だとランチ時間の営業が主流みたいだね。ああでも、行列のできる店もあるから待ち合わせ時間が問題だな」

忽那さんはスマホを見つめながら、当日のスケジュールを組み立て始めた。

ち、違うのに！　わたしは心の中で叫んだ。

そして土曜日は築地で寿司デートに決まった。

それは翌日の昼休み終了間際に起こった。

わたしが席に戻ったタイミングで鈴木さんがお友達を引き連れて突撃してきたのだ。

「ちょっと真野さん、いいですか？」

今日も鈴木さんは完ぺきな装いだ。ふんわり巻き髪につやつやのグロス。茶色のトップスにダークピンクの花柄スカートという秋らしい格好をしている。

可愛らしい雰囲気とは裏腹に、彼女は硬い声を出した。

「どうしたの？　鈴木さん」

「どうしたのじゃないです。真野さん、忽那さんと付き合っているって本当ですか？」

「えっ！」

一瞬心臓が止まった。冗談でもなく本気で。

鈴木さんの高い声はよく響いた。

彼女の声のあと、周りの視線が一斉にわたしに突き刺さった。

もうすぐ昼休みが終わる時間だから、多くの同僚がデスクに戻ってきているのだ。

だらだらだら……。

額に脂汗が浮かび上がる。

「昨日、中西(なかにし)さんが真野さんと忽那さんが仲良く有楽町の家電量販店で買い物しているのを見たって」

あれ、見られていたの？

わたしは中西さんの姿を探した。すると、ちょうど彼は自分の席に戻ってきたところのようで、バッチリ目が合った。

彼は鈴木さんと同じ課の四十代の社員だ。どうやら鈴木さんの声は中西さんにもしっかり聞こえていたらしい。彼は、つつつとわたしから視線を逸らせた。

「で、どうなんですか？」

「ぐ、偶然に会っただけだよ……？」

ここはどうにか、誤魔化せないだろうか。

わたしの平穏な会社員人生のためにも、すぐに肯定できない。

「偶然で恋人繋ぎしているわけないじゃないですか！　ねえ、中西さん」

鈴木さんは大きな声で後ろを向き、中西さんに呼び掛けた。

巻き込まれそうになった彼は「あ、俺ちょっとタバコ吸ってくる」と言って、そそくさと立ち去ってしまった。

に、逃げた……。

「ネタは上がっているんです！」

鈴木さんがずいっとわたしの前に顔を寄せる。その顔は真剣そのものだった。

席に座ったままのわたしに対して、鈴木さんはわたしの前で仁王立ち。なんだかものすごく責められているように見えなくもない。

ああもう。だから忽那さんにはついてこなくもいいって言ったのに。

昨日の会社帰り、カフェで土曜日の詳細を決めたあと解散の流れに持っていった。わたしは買い物をしようと思っていて、なんとなくこのあとの予定を忽那さんに話した。そうしたら彼はわたしの買い物にちゃっかりついてきたのだ。

しかも、本当に、ものすごくさりげなく、手を繋いできた。指と指を絡める、いわゆる恋人繋ぎというアレで、男性慣れしていないわたしは緊張で変な汗をかいた。

買い物が終わるとさりげなく荷物を持ってくれたりもした。単に日用品を買っただけなのに。忽那さんの住むマンションは、わたしの使う地下鉄路線の駅からでも近いとのことで、帰り道も途中まで一緒だった。その間やっぱり手を繋いでいたわけで。

要するに、その光景の一部を中西さんに見られていたらしい。

わたしは瞬時に後悔した。人の多いオフィス街だし、同じ会社の人に外で出くわすこともないだろうと油断してしまった。

まさかしっかり見られていただなんて。しかもそれをよりにもよって鈴木さんに話してしまうとは。中西さん、どうしてそんな余計なことを。

「ちょっと。え、ちょっと待って。真野さん、一体どういうことよ？」

このネタは見逃せない、と小湊さんが会話に割り込んできた。

「ええと……」

「あ、もしかしてこの間の飲み会のあとに何かあった？　それともその前から？」

小湊さんは嬉々(きき)とした声を出した。

鋭い……というか、まさに前半部分その通りです。

「ちょっと。ただでさえ忽那さんと飲み会とか羨ましいのに、そこで忽那さん引っかけるとかずるいんですけどー！」

小湊さんの推測に鈴木さんが間髪いれずに少し不貞腐(ふてくさ)れた声を出す。

「そもそも、鈴木さんて忽那さんのこと、本気だったの？」

「わ、わたしは別に……本命というには年が離れていますけど。ま、まあでも、一応は四葉不動産の社員サマだし？　向こうから誘ってくれるなら、応じるのもやぶさかではないというか。向こうがどうしてもって言うなら、ねえ」

鈴木さんはふわふわの髪の毛を指でくるくるともてあそびながら微妙に上目線な言葉を吐いた。

それを聞いた小湊さんの目が少しだけ据わった。

「今はわたしのことはいいんです！　それよりも、真野さんと忽那さんの関係。この間から妙に垢ぬけたのって、結局のところ忽那さんと付き合い始めたからってことですよね？」

「へっ？」

「へ、じゃないです。なんか、今まで野暮ったかったのに、急に髪の毛切ったり染めたり。今日の服だって、新作スカートですよね。わたし、この間、インスタで見ましたよ」

うわ、鋭い。さすがは真野ファッションチェックをやっているだけのことはある。

わたしは思わず頬を引きつらせた。

「そういえば、そうだよね。真野さん髪型変えて可愛くなったもんね。今日の服装も可愛い。あ、もしかして今日もデート？」

「まさか！」

「プライベートで忽那さんと会うとかずるすぎ」

「ずるくないでしょ。真野さんは忽那さんと付き合っているんだから。うわー、おめでたい！　よし、今度飲みに行こう。おねーさんになれそめから全部話しなさい。メンバー集めておくから、女子会しようね」

小湊さんの声が弾んだ。彼女の登場はありがたかったのだが、別の意味で戦慄した。これは絶対に全部聞き出そうとするやつだ。

「あーあ。にしても忽那さん、真野さんのどこがよかったんだろう？」

感情を制御しきれていない鈴木さんの声が心に突き刺さる。彼女はわたしのことを上から下へ値踏みするように視線を移動させていく。

「なあに、その言い方。忽那さんが真野さんと付き合うことの、どこがいけないの？」

「いけないっていうかぁ」

「お互いにいい大人なんだし、忽那さんが真野さんを選ぶのだって普通でしょう。真野さんいい子だし、落ち着いているし。年齢だってちょうどつり合いがとれているし」

わたしへの反発を隠そうともしない鈴木さんの態度に、小湊さんの声が低くなっていった。

「べ、別に心愛の言葉に深い意味はないんですよ。心愛はちょっと正直すぎるだけで。ほ、ほら真野さんって目に見えて美女ってわけでもないですし。どちらかっていえばナチュラル系？　ですし、忽那さんのお相手としてはちょぉっと大人しめというか、意外だなって」

この場の空気を察したのか、鈴木さんにくっついてきた女子その一が取り繕う。

けれど彼女の言葉は果たしてわたしへのフォローなのだろうか。微妙にディスられているような気がしなくもない。

「ちょっと、赤石さん」

藪蛇になった彼女は視線を明後日の方角へ向けた。

「まあまあ、小湊さん。ほら、そろそろお昼休みも終わりますし」

気が付けば昼休みはもうあと数分で終わる頃合いだ。

「うわ。時間やばいですね」

「席に戻らないと」

これ幸いにと、鈴木さんのお友達二人が散っていった。

「真野さん、あとで詳しく聞きに来ますからね！」

鈴木さんはわたしに念押ししてから席へ戻っていった。

わたしはメールチェックをしながら頭を抱えた。

まさか、人気者の忽那さんと付き合っていることが即刻職場にバレるとは！　わたしの平穏な会社員人生、詰んだ。

彼に密かに憧れている誰かにいじわるされたらどうしよう。頭の中に少女漫画のベタなシーンがいくつも浮かび上がる。

青い顔をしながら資料作りをしていると、人けがなくなったタイミングで小湊さんが話しかけてきた。

「そうだ。わたし前に、真野さんに変な噂話を聞かせちゃったよね。忽那さんが遊んでるとかなんとか。あれ、ごめんね。あくまでも噂だし、忽那さんいい人だし何か理由があるんだよ。って、あんな話を聞かせたわたしが言っても説得力ないんだけれど」

しゅんと肩を落とした小湊さんにわたしは首を横に振った。

「いいえ。大丈夫です。面と向かって聞いちゃったら、忽那さんも否定していましたし」

「うわ。聞いちゃったんだ」

「はい。話の流れというか勢いで」

わたしは顔に苦笑を浮かべた。

思えば、あの噂話が引き金だった。あれを真に受けて、この人ならわたしの処女を押し付けても重たく受け取らないのではないかと考えたのだ。だとすると小湊さんが運んできてくれた縁と考えることもできる。

「わたしは応援しているからさ。何かあったら、相談してね」

「ありがとうございます」

「もちろん、恋バナと惚気も期待しているけど」

「惚気なんて言いません！」

小湊さんの声は優しくて、それだけでほろりとしてしまう。

更科課長が戻ってきたため、ここそとしたやり取りはそこで終了になった。同じ課の彼女が味方だと思うと心がいくらか楽になった。

その日の就業時間後、わたしは待ってましたとばかりに好奇心を隠しきれない女性陣に取り囲まれた。

わたしが四葉不動産本社勤務のエリートを落とした（断じて落としてはいないけれど）という事実はあっという間に日比谷オフィスを駆け巡ったらしい。それにしても早すぎだろう。

意外だったのは思っていたほど同僚たちが攻撃的ではなかったこと。

鈴木さんは昼休みと同じくむくれていたけれど、他の同僚は「仕事で直接かかわってないわたしたちが忽那さんをどうこうできるとも思っていなかったしね～。あれはイケメン鑑賞枠だよ」と笑いながら話してくれた。

詰んだと思っていたわたしのオフィス生活は、どうやら延命できたらしい。

＊

航平は部屋でタウン誌のページをめくっていた。

週末デートに備えて事前調査である。ネット情報もいいけれど、やはり自分の世代はまだ紙に愛着がある。ちょうど『東京ウォーキング』という雑誌の特集が築地で、会社帰りに即買いしたのだ。

未だに戸惑っている美咲には悪いけれど、猛攻の手を緩めるつもりはない。付き合い始めてからは毎朝毎晩、おはようとおやすみのメッセージを入れている。もちろん会う時間もしっかり捻出するつもりだ。

ここまで来るのに一年以上を費やしたのだ。

最近では足繁く日比谷に通う航平に対して上司から「もっと部下に案件を任せろ」と

言われる始末だった。確かにその通りではあったので、今後はあまり美咲のいるオフィスに顔を出すことができない。

同じプロジェクトチームの後輩がミーティングに参加することになるだろう。その前に美咲を捕まえることができて本当によかった。

当日はスムーズに店に案内ができるように、明日の帰りは築地に寄り道しようか。目星をつけている寿司店はランチの予約は受け付けていないのだ。航平の最寄り駅から築地へは地下鉄で数駅。

雑誌の特集記事を頼りに航平が土曜日のプランを練っていると近くに置いてあったスマホが振動した。

そういえば今日は何度か着信があったはず。航平はスマホを手に取った。

『もしもし、兄貴？』

通話の相手は弟の洋平(ようへい)である。

『兄貴、昼間にも電話したんだから折り返しかけてよ』

「昼間って、まだ仕事中だろ。だいたい、なんだって俺に電話をかけてくるんだ」

航平はとげのある声を出す。二つ年下の洋平は現在海外在住である。駐在や留学でもなく、ある日会社を辞めて、ふらりと旅に出かけた。本人は大真面目なのだが、両親、特に母には奇行に映るようで、話せば喧嘩(けんか)に発展する状況が続いている。

『だって、親父と母さんと話してもいつも堂々巡りだし』

「そりゃ、いい年してほっつき歩いてればな。今、どこにいるんだ？」

『カンボジア』

「案外近いな」

『ここ数か月はずっとカンボジアだよ』

「腰据えるのか？」

『いいや……。それよりも、兄貴って今、どこに住んでいるの？　今、東京だったよね？』

会社の海外研修制度で航平がアメリカとシンガポールに住んでいたのは数年前までのこと。現在は東京オフィス在籍である。

「そうだよ」

『四葉不動産の本店勤務なんだから、東京のど真ん中にでも住んでいるんだろ？　カンボジアの名産送ってあげるから、住所教えて』

「いやだ。嫌な予感しかしない」

『ええ～、いいじゃん。ケチ』

「ケチで結構。土産も何もいらないから切るぞ」

航平はぷつりと電話を切った。

唐突すぎる弟からの連絡など、嵐の前触れである。基本甘ったれの弟が殊勝に名産品を送るとか、槍が降ってきそうだ。もしかしたら秘境の特産品か何かを大量に買わされて、この部屋を物置代わりにする魂胆かもしれない。

電話を切ると不在着信の通知が浮かび上がった。なんと美咲からである。

洋平のせいで美咲からの電話を取り損ねたではないか。

航平は即座に折り返し彼女に電話をかけた。数コール待つと美咲と繋がった。

「ごめんね。電話くれた？」

『はい……ええと……ご報告したいことがありまして。いえ、メールでもよかったんですけど。わたし慌てすぎていたようで……』

「何？」

神妙な美咲の声に航平は内心ドキリとしつつも、どうにか平静に相槌を打った。

報告とは一体なんだろう。

まさか別れ――……。

『実は……昨日の……密会を会社の人に見られてしまっていたようで……』

密会。何やらいい響きだ。などと不埒なことを思い浮かべていると、昨日の家電量販店での買い物デートを同僚に目撃されてしまい、会社で暴露され、付き合っている事実がマッハでオフィス内を駆け巡ったと、若干恨みのこもった声で聞かされた。あんな手の繋ぎ方をされたのでは言い訳のしようもなかったとのこと。

「そっか。ごめん。配慮が足りなかったね」

航平は神妙な声を出したが、内心では美咲の同僚に対してグッジョブと拍手喝采した。これで自分からそれとなく漏らして外堀を埋める手間が省けた。これからはもっと大っぴらに待ち合わせもできるし、なんなら背中に手を回せるし、抱き寄せることもできる。

『恥ずかしすぎます……。たくさん質問されましたし。しばらくは会社近くでの密会は駄目です。また目撃されたらと思うと……』

「バレちゃったものは仕方がないから、堂々としていれば大丈夫」

尚も恥ずかしがる美咲が可愛すぎる。電話越しではなく、できればすぐ側で慰めたい。

航平に本日の出来事を話した美咲は幾分落ち着いたらしい。

『お仕事でお疲れのところ、急に電話をしてしまってすみませんでした』

「いや付き合っているんだから、これからも気兼ねなく電話してきて」

『うぅ……頑張ります』

その後、他愛もない話を少ししてから「おやすみ」と言って通話が終了した。

すると新着メッセージが浮かび上がる。

『ケチ～。可愛い弟ともっとお話ししたいとは思わないのか』という洋平からのものだった。

まったく、せっかくいい気分だったのにと航平は既読スルーを決め込んだ。

昔からこの弟に関わると碌なことにならない。せっかく美咲とのデートが控えているのだ。航平は気分を変えるべく初デートに向けたシミュレーションに励むのだった。

＊

忽那……いや、航平さんとの築地おでかけの日。

今日は雲は多いけれど雨にはならず、気温も三十度までは届かない、それなりに秋めいた陽気。

築地駅に到着したタイミングでスマホにメッセージが届いた。

忽那……いや航平さんも到着したらしい。

苗字で呼ぶと名前で呼ぶように練習させられるため、わたしは心の中でも航平さんと呼ぶよう心掛けている。彼の目の前で名前を呼ぶ練習……心臓がいくつあっても足りない。

だったら、俳優の名前を呼ぶくらいの感覚にしてしまおうと思ったのだ。

要するに慣れの問題。これはわたしにとってもいい訓練だ。

「あ、美咲ちゃん」

築地駅から地上出口を上ったところで航平さんと落ち合った。薄手のシャツに濃い色のジーンズというカジュアルな装いをした彼を目にした途端、心臓の音が速くなった気がした。

私服姿はやっぱり新鮮で、どこに視線を合わせていいのか分からなくなる。

「お、お疲れ様です」

わたしはつい会社と同じ挨拶をしてしまう。

「今日の格好、可愛いね」

「……ありがとうございます。こ、航平さんの私服……も素敵です」

「美咲ちゃんの隣に並ぶから、頑張って若作りしてみた。変じゃないかな？」

「まさか！　とってもよくお似合いです！」

むしろ、わたしのほうこそ航平さんの隣を歩いて大丈夫でしょうか。そんな心地だ。

今日を迎えるにあたり、わたしは数日前からコーディネートについて悩みに悩んだ。一人では抱えきれなくて、一花ちゃんに相談すると『つか、フラれるのが目的でしょうが。適当でよし』とのメッセージが返ってきて、余計に混乱した。

そして考えた結果、ネイビーの小花柄のブラウスにベージュピンクのワイドパンツという、甘くもないけれど、地味すぎもしない格好に落ち着いた。トップスが濃い色なのは、醤油（しょうゆ）が撥（は）ねても目立たない理由だからだ。

「あ、そうだ。これ、今日の記念に」

おもむろに航平さんがわたしに小さなショップバッグを手渡した。

「記念？」

「そう。初デート記念」

わたしが首を傾けると、航平さんがにっこり口角を上げた。

「本当はお店についてから渡そうとも思ったんだけど、寿司屋で渡すのも格好がつかないかな、って」

わたしは航平さんと小さなショップバッグを交互に見た。ブランド名が書かれた光沢のある紙バッグの中には、あきらかに光ものが入っていそうな正方形の箱がちょこんと鎮座している。

「ええと……？」

「あとで、開けてみて」

航平さんはとても機嫌がよさそうだ。

おかしい。わたしはまだ光ものをねだっていないし、ティファニーにもカルティエにも連れていっていない。ましてや指輪のサイズをさりげなく教えてもいない。

付き合ってすぐにあれこれ光りものをねだる子は引かれると、ネットの記事には書いてあったはず。

わたしはまだ実戦はしていないのに、どうして。

「初デートの記念にプレゼントは……世間一般でも普通なのでしょうか？」

困惑して尋ねると「そうだね。普通かな」と返ってきた。

なるほど。初めて記念は通常のおねだりの範囲外なのだろうか。男女のお付き合いは奥が深い。

「あ、それとこっちは築地界隈で美味しいって評判のどら焼き」

航平さんが続けてもう一つ、ショップバッグをわたしに渡した。

「ど……ら焼き……ですか？」

やはりそこはブレないらしい。わたしは小さく首を傾けた。

「前に好きだって言ってたから」

「ええと。誰がでしょう？」

「美咲ちゃんが」

航平さんが衝撃発言をした。

わたし、そんなこと言ったことあったっけ。疑問符が頭の周りを飛び交った。

「ずいぶん前だけど、和菓子が、どら焼き好きですって」

「……すみません、いつのことでしょうか……？」

どうしても思い出せず、わたしは白旗を振った。

「何度目かに日比谷のオフィスに行ったとき、お礼を言われた。更科課長と一緒に。あー、もしかして俺、勘違いしていた？」

「い、いえ。好きか嫌いかと言われましたら、好きです。たぶん。普通に。ドラ○もん並みに好きかと問われましたら、そこまででは、と言いますか……」

「……そっか。俺はとんだ空回りをしていたわけか……」

航平さんがどこか哀愁を帯びた声を出した。

「も、もしかして。これまでしつこいくらいにどら焼きを買っていらしたのは……」

「しつこいくらいには思っていたんだね……。ごめん、美咲ちゃんが好きだって言っていたから、ちょっとでも俺のことを覚えてもらいたくて」

「え……とっ……」

どうしよう。どら焼きの忽那さんって二つ名の原因はわたしだ。ごめんなさい。わたしは心の中で盛大に謝った。

「訪問先の女性社員の言動をいちいち覚えてくださってて、その、ありがとうございます。あの、どら焼き美味しいですよね」

「俺は美咲ちゃんの話した言葉だから覚えていたんだよ」

「お……気遣いありがとう……ございます」

さらりと言われた言葉が意味深すぎて、返す声が掠（かす）れてしまった。他意はない。そう自分に必死に言い聞かせるのに、どうしてだろう胸の奥がふわふわしてしまう。

「今度は美咲ちゃんが本当に好きなものを買うよ。これからはあんまり日比谷に行けなくなるし。プライベートで会うときの楽しみにしておいて」

「え、それって……」

「プロジェクトから外れるってことではないんだけど、もっと部下に任せろって上からも言われてね。俺としても美咲ちゃんが手に入ったから、もう少し日比谷へ行く頻度を下げようかと」

横並びで歩いていると、いつの間にか航平さんがわたしの手を絡め取っていた。

いよいよデートが始まるのだと思うと、カァッと頬に熱が集まってくる。恥ずかしくって隣を直視できない。

こんなことで一日持つのかな、わたしの心臓。

ドキドキしているのはわたしだけなのか、航平さんは道すがらの店を眺めつつ話題を振ってくれた。

一歩路地を入ると、小さな商店が左右に軒を連ねている。驚いたことに海産物以外の商品も多く売られている。近年は外国人観光客にも人気のようで、耳に届く声の半分くらいが外国語という不思議。

「寿司を食べ終わったら、この辺りを散策しようか」

「そうですね。あ、つくだ煮美味しそう」

緊張していたはずなのに、初めての場所は物珍しくてはしゃいでしまう。

どうやら航平さんは寿司店への道のりを頭に入れてきたらしい。手を繋いでいることもあって、わたしはすっかり安心して目線をあちこちに飛ばしてしまう。

「わ。もう並んでる」

たどり着いた寿司店は開店前なのにすでに数組待機している。

「もっと涼しくなってきたら行列も伸びそうだね」

確かにこれから過ごしやすい季節になれば人出も増えそうだ。

「よかったら、どうぞ」

わたしが用意してきたペットボトルを取り出すと、航平さんも同じように冷えたそれを荷物から取り出した。なんと保冷材も持ってきているとのこと。用意周到さに、二人で笑い合った。

幸運なことに、わたしたちは開店一巡目の客として店内に入ることができた。通されたのはカウンター席だ。

一番人気の、にぎりのセットを注文してしばらく経つと、マグロやウニ、イクラといった定番からコハダやカンパチなど、旬のネタがのった寿司下駄(げた)が「お待ちどう」という声と共にカウンターに置かれた。

「美味しそうだね」

「っ……はいっ！」

つやつやに輝いた新鮮なネタはまるで芸術品のようだ。

回らない寿司店になど滅多に来ないから、さっそくお腹が早く食べたいと主張を始めた。

しかし、だ。どれも美味しそうで、どのネタから食べようか本気で迷ってしまう。迷い箸はお行儀が悪いのに、どの寿司ネタもまるで、わたしから食べてとばかりに存在を主張しているため決められない。


「今の時期、コハダがおすすめだよ。東京湾で取れた新鮮なやつだからうまいよ」

助け舟を出してくれた寿司職人が、コハダはこれだよ、と指をさして教えてくれる。

「じゃあそれからいただきます」

口に入れたコハダは酢でしめてあるせいか臭みを感じず、さっぱりしている。一度箸を入れたことで勢いがつき、隣のイクラ巻きを箸で摘まむ。

「ふふ。美味しい」

小さい頃からイクラはごちそうだ。わたしはつい頬を緩ませた。

「イクラ好き？　俺のもあげるよ」

「え、大丈夫ですよ。悪いですし」

「美咲ちゃんが美味しいって顔をしていると俺も嬉しいから」

　わたし、そんなにもふやけた顔をしていたのかな。

「でも……」

「じゃあ美咲ちゃんがあまり好きじゃないネタと交換」

「それはそれで航平さんに悪いような……」

「でも、反対に俺が大好物かもしれないよ？」

「それは、まあ可能性としては否定できませんが」

　確かにそれはそうだけれど、なんとなく丸め込まれているような。

　しかも、航平さんのイクラ巻きがいつの間にかわたしの寿司下駄の上に置かれているという早業。

　わたしは観念して「では……ホタテを」と申告した。

「苦手？」

「昔から、あまり好きではなくって」

「バター焼きとか美味しいのに」

「火を通すのは大丈夫なので、バター焼きもフライも好きです」

「なるほど」

　そんなわけで、わたしのホタテは航平さんに贈呈された。

それからは自然と話題がお互いの食の好みになった。ちなみに航平さん、レバーが嫌いとのこと。なんでもスマートに食べそうなのに。意外だけれど、親近感も湧いた。

「航平さんはこういう本格的なお寿司屋さんに通い慣れていそうです」

「ん、確かに取引先とか、仕事がらみでたまに利用することはあるけど」

「やっぱり」

「でも、そういうときって仕事だし、心の底から食事を楽しめないよ。取引先だと尚更。だから、今日はとっても貴重」

「特別な日でもない限りお寿司屋さんって来ないですもんね」

「隣にいるのが美咲ちゃんだから特別で貴重」

穏やかな眼差し(まなざ)しの航平さんと目が合うと、まるで時間が止まったかのように感じた。

そんな台詞、反則ではないか。男性慣れしていないわたしは、どう返事をするのが正解なのか分からない。

黙ったまま、わたしたちの視線が交わる。少なくない時間が経過すると、航平さんがふっと微笑んだ。

「そろそろ出て、この辺りを散策しようか。さっき美咲ちゃんつくだ煮気になっていたよね」

「そうですね」

話題が変わったことに安堵しながら、わたしは彼の提案に乗っかった。

わたしたちがお会計を済ませて外へ出ると、薄曇りの合間からほんの少しだけ光が射していて、それがちょっぴり眩しかった。


外国人観光客も多い築地場外市場は雑多な雰囲気で、じっくり歩いてみると異国のマーケットのようでもあり面白い。

昼食を一人前食べたはずの航平さんはお店巡りの最中、軒先で焼かれていた牡蛎(かき)を満喫した。焼きたての牡蛎はとっても魅力的で、わたしもご相伴に与(あずか)ってしまった。

二人で「美味しい」と言い合いながら同じものを食べて、喉が渇いたと抹茶ドリンクを買ってみたり。つくだ煮店では真剣にお土産を選んで、いくつか買ってもみた。

気が付けばわたしは、築地散策を思い切り楽しんでいた。

これではまるで本物のデート……。フラれるために航平さんを振り回すはずが、単にお寿司とお買い物を楽しんだだけで日が暮れてしまった。

夕食は場所を少し移動して、銀座の外れにあるダイニングで軽く創作料理を食べた。

結果、なんだかんだと一日堪能してしまった。

しかもお会計のほとんどを航平さんが支払ってくれたのだから申し訳ない。今日わたしが払ったものといえば、自分用の買い物くらいじゃないだろうか。

このままでは航平さんがデート破産してしまう気がする。もし次があるなら、ちゃんと割り勘にしてもらわないと。

店を出たわたしの肌を風が撫でる。日が暮れると、空気の中に秋の冷たさが混じるようになっていた。

「このあと、うちに来る？」

航平さんの手と絡ませたわたしの指先がひくりと動いた。

静かだけれど、その先を予感させる言葉だった。今日は着替えも化粧品も持っていない。頭に思い浮かんだのはそんな事実だった。

「今日は……ちょっと……。準備もしてきていないですし」

「必要なものがあればコンビニ寄るよ」

……ですよね。いい年なのだから、この時間にお茶を飲むためだけに航平さんが部屋に誘っているわけではないことくらい、わたしでも想像がつく。

わたしは目線を彷徨（さまよ）わせた。今日は本当に、単なるお出かけのつもりだったのだ。

このまま航平さんのお部屋訪問するには心が追い付かない。ううん、心の準備ができていない。

わたしにとって、初回のアレはノーカウントだ。だって覚えていないから。

「あ……明日は、予定があって」

咄嗟に口から言葉が出ていた。

歩菜ちゃんの結婚お披露目会のレンタルドレスの下見は別に明日でなければならないということでもない。

でも……。

このまま進んでしまっていいのかどうか。一気にカレカノとしての距離を縮めるには、まだわたしは彼と付き合うことに二の足を踏んでしまう。

そういえば、結局結婚式を匂わせて航平さんをドン引き……作戦は出る幕がなかったことを思い出した。

「ちょっと今日は急だったね」

わたしの躊躇う表情に、航平さんが微苦笑を浮かべた。彼の声のトーンは直前のものと変わらなくて、わたしはホッとした。

航平さんの誘いをあからさまに断った自覚があったから、機嫌を損ねてしまったらどうしようと危惧したのだ。

「俺はいつでも美咲ちゃんを大歓迎しているから。寄りたくなったらいつでも言って」

地下鉄駅に入る前、裏路地でふいに航平さんが屈んだ。

それから、彼はわたしの唇にふわりとキスをした。

突然のことにびっくりする。

「これだけ、許して」

もう一度航平さんが身をかがめた。

唇に触れるだけのキスが落ちてくる。わたしは慌てて目をつむった。

本当に、他愛もない触れ合いのキスはあっけなく終わって。

離れていく唇をぼんやりと見つめながら、わたしはほんの少しだけ喪失感を覚えた。

今しがた得た温もりが名残惜しいような気がして、その考えにうろたえた。

路上だとか、誰かに見られているかもしれないだとか、もっと意識しないといけないことはたくさんあるはずなのに。

あっけないキスの終わりに気を取られてしまう。

お行儀のよいキスのあと、航平さんはわたしと手を絡めて先ほどよりもほんの少しだけゆっくりとした足取りで地下鉄のホームへ向かった。


朝から妙に落ち着かない気分だったわたしは、時計がお昼を回ったことを確認すると即座に立ち上がった。ランチトートの中にはお弁当箱が入っている。

わたしはつい辺りをきょろきょろしてしまう。なんとなく、注目されている気がして。自意識過剰なことは分かっている。

お昼休みに突入したオフィスは途端に賑やかになり、誰もわたしの一挙手一投足など気にも留めない。

わたしは一呼吸吐いてから歩き出した。すると、同じく外に向かう鈴木さんが目に入った。

「お疲れ様、鈴木さん」

「……」

彼女は艶やかなピンク色の唇を引き結んだまま、ぷいとそっぽを向いて歩くスピードを上げた。

「なーにあれ。感じ悪っ」

「うわっ」

後ろから突然声が聞こえてきて、小さく飛び上がってしまった。

さっと横に並んで、一緒に歩き出したのは小湊さんだった。今日は午後から取引先に出向いてミーティングだと予定表に書いてあった。トートバッグを肩に掛けているからお昼を食べがてらそのまま出るのだろう。最近小湊さんは一人で取引先に外出する頻度が増えつつある。

「同僚、ていうか先輩が話しかけているのに返事もしないとか。ありえないんだけど！」

一階へ向かう傍ら、小湊さんがぷりぷり怒っている。

それというのも、わたしと航平さんの交際がバレてから、鈴木さんがわたしを無視するようになったのだ。

さすがに社会人としての意識はあるのか、業務中は必要最低限の会話には応じるけれど、先ほどのように仕事外では基本的に挨拶にも何も返さない。

「なに勝手に拗ねているんだか。社会人にもなって誰かと付き合うのに、第三者の了承を得る必要もないでしょ。それなのに、大人げなさすぎ」

「やっぱり鈴木さんは航……忽那さんのことが好きだったんでしょうか」

「今、忽那さんのこと、さりげなく下の名前で呼ぼうとしたよね」

小湊さんの鋭い突っ込みに、わたしの顔が熱くなった。きっと、耳まで赤く染まっているはずだ。

「これは、だって。忽那さんがしつこいくらいに下の名前で呼べって」

「下の名前で呼んで、ってキュンときちゃう。いいなあ付き合い始めって」

小湊さんがきゃっきゃとはしゃぎ出す。

「小湊さんだって普段旦那さんのこと下の名前で呼ぶでしょう？」

「えー。一緒に住んでそれなりに経ったからさ。甘ったるい呼び方なんてしないよー。『ねえ』とか『ちょっと』とかそんなもんだって」

わたしが試みた反撃は一瞬で跳ね返された。

「でも。わたしのことを無視するくらいには鈴木さん、忽那さんに気があったってことですよね……？」

「それは本人のみぞ知るってところだろうね。わたしたちには、確信めいたこと言わなかったし。大体、あっちから好きになってくれたらやぶさかではないかなとか、プライド高すぎ」

小湊さんは鈴木さんに対して少々辛辣だった。

鈴木さんは内心でわたしのことを見下していた。それでも人目につくところではちゃんと友好的に接してくれていた。その仮面が剥がれ落ちるくらいには、無自覚に航平さんに惹(ひ)かれていたのではないだろうか。

「たまにいるよね。自分からは本気でいかないくせに、自分の周りにいる男性みんなわたしのこと好きになってくれないとやだ、みたいな子。気にしてたってしょうがないよ。真野さんは普通にしてなね」

「……はい」

わたしはぎこちなく頷いた。

「今日も待ち合わせなんでしょ。忽那さんマメだねぇ。わたし、忽那さんが真野さん選んで見直してんのよ。見る目あるじゃんって」

小湊さんはじゃあね、と手を振ってビルの外へ出ていった。航平さんとお昼休みに待ち合わせてるいることを、彼女はお見通しだったらしい。ちょっと、いやかなりそわそわしていたのかもしれない。

それというのも航平さんが「今日は午後から取引先に行く用事があるから、ランチを一緒にしよう」っていうメッセージをよこすから。

わたしは妙に高鳴る胸の鼓動を持て余しながら、航平さんとの待ち合わせの場所へ向かった。彼はすでにお弁当を買って待っていて、二人で日比谷公園に足を運んだ。

大きな木々に囲まれた公園は都会の喧騒(けんそう)から独立した王国のようにひっそりとしている。とはいえ今はお昼真っ盛り。この公園でランチを、と思う人はわたしたち以外にもいて、それなりに賑わっている。

「わざわざ呼び出してごめん。ちょっとでも美咲ちゃんに会いたかったから」

「い、いいえ」

「あ、それつけてくれているんだね」

航平さんはわたしの胸元を見て瞳を和らげた。

そこにはきらりと輝くネックレス。そう、航平さんから先日プレゼントされたものを、今日たまたま身につけていたのだ。

「メッセージでもお伝えしましたけれど、プレゼントありがとうございました」

「美咲ちゃんに似合ってるね。選んだ甲斐があった」

視線が眩しいと思うのはわたしが自意識過剰なのだろうか。

空いているベンチを見つけて、二人並んでのランチタイムが始まった。

わたしはランチトートの中からお弁当箱を取り出した。

「美咲ちゃん、えらいね。ちゃんと弁当作って」

航平さんはわたしのお弁当に興味津々。その熱い視線に少しだけ頬を引きつらせてしまう。何しろこのお弁当、人に見せるために作ったものではない。

いや、オフィスで同僚と気兼ねなく食べる分には構わないのだが、こと料理上手な航平さんに見られるのはまったくの想定外。

本気で開けるのが嫌だ……。

「わたしのお弁当は本当に昨日の残り物を詰めただけですよ。航平さんのほうが料理は上手だと思います」

一言先にジャブを打ったわたしは蓋を開けた。中身はご飯と生姜焼きと卵焼き（たくさん作って冷凍にしたもの）。それからスーパーで買った煮豆（よくあるパウチ入りのアレ）とミニトマト。うん、我ながら手抜きだ。

「なんか、女子って感じのお弁当だね。美咲ちゃんらしい」

純粋な褒め言葉がナイフのようにぐさりと突き刺さる。

「そんなこと、ないです。めちゃくちゃ適当です。航平さんが以前作ってくださった朝食のほうがとても美味しかったです」

「あれこそあり合わせで作った料理だから」

謙遜がすぎます、航平さん！

航平さんはまだじーっとわたしのお弁当を見ている。どうしてわたしのお弁当ばかり見るのですか。あなたが買ってきた中華弁当に注目してあげてください。ナスと豚肉のみそ炒めが可哀そうです。わたしは心の中で悲鳴を上げた。

「おかず交換しない？」

「えぇっ」

「せっかくだし」

何がせっかくなのだろう。一ミリもせっかくという言葉について理解ができない。

「でもでも、本気で適当なので。もしも手料理に興味があるのなら……もっとちゃんと事前に準備を」

「卵焼き食べたい」

「これは……ええと」

お弁当用に小分けにして冷凍したものだから、水気が多くて駄目なんです。わたしは心の中で言い訳をした。せっかくなら作り立てを食してもらいたい。この中でまだなんとか取り繕えるもの……はどれだろう。

「……ミニトマトならいいです」

「……焦らす美咲ちゃんも可愛いから今日はミニトマトで我慢する」

よかった。なんとか納得してもらえた。

けれども、次の瞬間航平さんの瞳がきらりと光った……気がした。

「美咲ちゃんが食べさせてくれたら」

「！」

とんでも発言に肩が飛び上がった。

「人が。誰かに見られるかもなので」

「もう俺たちの関係はみんなに知られているんでしょ。なら誰に見られたって大丈夫」

いえいえいえ。わたしが困ります。

真っ昼間の日比谷公園で、いい年した男女がキャッキャウフフといちゃいちゃしていたら、それだけで大ひんしゅくを買ってしまう。航平さんの隣にいるのがわたしみたいな冴えない女性なら尚更だ。

「美咲ちゃん。早くしないとお昼休憩なくなっちゃうよ？」

「うう……」

拒否権はないらしい。

わたしは観念してミニトマトのへたを指でつまんだ。

それからそっと航平さんの口元へ。

航平さんが口を開く。スローモーションのように時間がやけに長く感じられる。

これってどういう状況？　と疑問が付きまとうのに、きっと鈴木さんのような可愛い女の子ならこういうときも、きゃっきゃと楽しく食べさせっこをするんだろうなと考え気持ちが沈んだ。少しの間忘れていた罪悪感が身をもたげたからだ。

わたしはえいや、とミニトマトを航平さんの口の中に押し込んだ。

とりあえずミニトマトノルマは達成。ものすごくやりきった感がある。

航平さんは気が済んだのか、買ってきたお弁当に箸をつける。

「なんか、いいね。こういうの」

「え……？」

「緑の中で一緒に食事をすると癒やされる」

航平さんは、普段仕事ばかりで緑に囲まれることがないから、と続けた。

「最近のオフィスビルは緑化に力を入れているだろう？　環境面への配慮もあるけれど、

なんか今日分かった気がする。こうして緑に囲まれて過ごすと、時間がゆっくり流れているような感じがして気が休まる。美咲ちゃんの隣だと尚更」

お弁当を食べ終わった航平さんは心の底から寛いだように穏やかな顔をしている。

航平さんがわたしの手に、そっと自身のそれを重ねてきた。

「またこうして一緒にランチしよう」

「……はい」

わたしはつい頷いてしまっていた。自然とフェードアウトしよう作戦のはずが、気が付けば次の約束が交わされていて、それに頷いている。

そわそわドキドキしてしまうのを止められない。心臓が持たないと心の中で叫ぶのに、わけもなく、航平さんの隣が心地いいと感じてみたりして。あどけない表情にドキリとするのだ。

もうすぐお昼休みが終わってしまう。一時間の休憩時間が今日はやけに短く感じる。離れがたいと思ってしまうことを、わたしは止めることができなかった。

同じ週の後半、わたしと一花ちゃんは上野駅近くのご飯屋さんで夕飯を食べていた。

翌日も仕事のため、お酒は入れずに定食とお茶がテーブルの上を彩っている。

「ちょっと。なんだって順調に付き合いを継続させているの！」

「えっと。……成り行き？」

「その成り行きで付き合っちゃったのをどうにかしようってことになったんでしょう？」

一花ちゃんの至極まっとうな指摘に、わたしは少しだけ体を後ろへずらした。

「うぅ……そうなんだよね……」

返す言葉もなく、わたしは言い訳のように和風ハンバーグを一口サイズに切っていく。大根おろしとネギ、それからしょうゆベースの和風だれがたっぷりとかかったハンバーグは噛むと肉汁がじゅわっと口の中に広がってその味を噛みしめる。

今はハンバーグに浸っている場合ではない。一花ちゃんの視線はずっとわたしに据えられている。

「なんか、こう……忽那さんマメすぎて……。気が付くと一緒にいるし、次の約束もしているし……」

しかも彼の隣に慣れつつある。優しい言葉や思わせぶりな言葉一つに踊らされていて、そのたびに心臓が騒ぐのだ。

航平さんは単にお酒の勢いで一夜を共にしたわたしに責任を感じて付き合ってくれて

いるだけのはずなのに。義理のはずなのに、どうしてこんなにも優しいのだろう。

わたしのように男性に免疫のない拗らせ女子は、優しい言葉と態度を適当に受け流すスキルを身につけてはいないのだ。

「もしかしたら忽那さん、仕事が忙しすぎて女除けの牽制にわたしを使っているのかも？」

そうだ。我ながらいい線いっているのではないだろうか。

「彼女がいるってことにすれば告白を断る理由になるし」

「美咲は自己評価低すぎ！　美咲はいい子なんだから、もっと自信持ちなよ。ぶっちゃけ、その忽那って男が風よけのために美咲を利用しているんだったら、わたしはその男を一発ぶん殴るからね」

一花ちゃんがサバの味噌煮にぐさっと箸を立てた。なんとなく、サバに謝りたくなった。

「大体さ、向こうから付き合おうって言ってくれたんでしょ？」

「……うん」

でも、それは彼なりの責任の取り方なのだ。グループ会社の女性社員を持ち帰ってしまったわけだし。きっかけがどちらからだったにせよ、今後も仕事で顔を合わせる女性とそういう仲になってしまい、ひとまずわたしの気を落ち着かせるために付き合うことにしたのかもしれない。

男女のお付き合いに慣れていないわたしに、きっと航平さんも内心呆れているかもしれない。部屋へのお誘いからもあからさまに逃げてしまったし。

これまでの態度を思い返したら心がずーんと沈んだ。ハンバーグを咀嚼しながら、さらにわたしは考えに没頭する。航平さんに気があるかもしれない鈴木さんのことだ。

小湊さん曰く、彼女はプライドが高すぎるのだそうだ。核心的な言葉は口にしないけれど、彼女のわたしへの態度がその心を物語っているように思えてしまう。

鈴木さんの気持ちを考えると、わたしはこのまま航平さんと付き合っていてもいいのかと考えてしまうのだ。

それが小さなため息となって外に出ていたらしい。

「他にも何かあるなら、聞くけど」

見かねたのか一花ちゃんが口を開いた。

今まで、わたしは恋愛に関していつも傍観者だった。自分だけでは処理しきれずに、一花ちゃんの好意に甘えることにした。

「実は……」

わたしは会社での鈴木さんの言動をつらつらと話した。彼女に対する罪悪感も一緒に吐き出した。

一花ちゃんは食後のお茶を飲みながら、じっとわたしの話に耳を傾けてくれた。

「恋愛ってそんなきれいごとじゃないよ。そりゃあ、不倫とかカレカノの間を引き裂くのは駄目だけど。美咲の今の彼氏は、少なくとも美咲とそういう仲になったときフリーだったわけでしょ？」

「うん……。でも、わたしは普通の付き合い方じゃなかったから……」

「ベッドインから始まる関係だって普通だよ。けっこー溢れているって。むしろそれを狙ってわざと終電逃す子だっているくらいだし」

うちの会社でもいるよ～、と一花ちゃんはあっさりした口調で言った。

そういうのは漫画やドラマの中だけだと思っていたわたしは、思わず目を丸くしてしまう。

「何が始まりか、なんて人それぞれだし。きっかけに負い目を持つ必要もないんじゃない？　お互いにフリー同士だったんだから」

「お酒飲んでたときの記憶がないからなんとも……。わたしから誘ったかもしれないわけだし」

「いい大人同士のあれやこれやにわたしが口を出すのもアレだけど……。こんなにも可愛い美咲を興味本位で持ち帰った挙句、適当に付き合っているんだったら、わたしはその刹那って男のこと許せない」

「いや……別に忽那さんは何も悪くないような……酔ったわたしが暴走したわけだし」

「いいや。こんなにも純情で可愛い美咲を美味しくいただいて、挙句に今こんなにも困惑させているっていうのが罪よ、罪！」

「一花ちゃん、酔ってる？」

「いいえ、残念ながら素面だわ。そういうわけで、わたしがその忽那って男のことを見極める！　まずはわたしに会わせなさい」

「えぇぇぇっ⁉」

一花ちゃん、お酒は入っていないはずなのに、目が据わっている。

「第三者が入るのも状況を打破するにはいいことだよ。ほら、彼女の友達に会う気があるのか、とかそういうところからも相手の本気度が分かったりするし」

一花ちゃんは饒舌だった。

「だ、大丈夫かな……来てくれるかな」

「嫌がるそぶりを見せたら、ソッコーで教えてね」

「う、うん……」

「わたし、来週はまるまる彼氏が海外出張でいないから、ハメ外せるんだぁ～。お酒楽しみ～」

もしかしてそっちが本命？　かと思うくらい声がきらっきらしている。話を聞くに、一花ちゃんの婚約者さんは焼きもち焼きらしい。喧嘩にならなければいいのだけれど。

「じゃあ、美咲。彼氏に連絡よろしく」

こうして航平さんを交えたわたしと一花ちゃんの飲み会の開催が決定した。

＊

夜七時を回った店内は金曜日ということもあり、座席の八割方が埋まっていた。

案内されたのは四人席で、航平の正面に美咲と、彼女の友人が座ることとなった。

店のそこかしこから、賑やかしい声が聞こえてくる。

「まずは乾杯ってことで」

美咲から紹介された水戸一花の乾杯の音頭に合わせ、航平は手元のビールグラスを手に持った。カツンとグラスが軽くぶつかる小気味よい音が聞こえた。

「美咲の彼氏を紹介してもらうの初めてなので、今日はとっても楽しみだったんですよ」

一花の明るい声に合わせて航平もやんわりと笑みを深めた。

「こちらこそ、美咲ちゃんに友人を紹介してもらえて光栄です」

酒が運ばれてくる前にお互い一通りの自己紹介は済ませていた。

今日美咲が連れてきたのは大学時代の友人で、現在もよく一緒に遊ぶという女性だ。どうやら物怖じしない性格らしい。開始早々、彼女から積極的に話を振ってくる。一方の美咲は、そんな友人の隣で静かに微笑んでいる。

航平は、笑みを浮かべながらも美咲の真意を測りかねていた。彼女から一緒にご飯でもどうですか、と誘われたのは先週末のことだった。一も二もなく了承すると、実は、と切り出された。友人も連れてきたいとのことだった。

そのとき、航平は色々な可能性を頭の中で巡らせた。単に気の置けない友人を紹介してもいいと思えるくらい、航平に気を許してくれるようになったのか。それとも、友人を紹介してさりげなくフェードアウトするつもりなのか。

美咲は新しい飼い主の元で距離感を測りかねている猫のように、航平を観察したり窺ったりしている（そんな美咲もめちゃくちゃ可愛いのだが）。

先日部屋に誘ったときが最たる例である。一日デートを楽しんで、このまま持って帰りたいと思った。まだ一緒にいたかったからだ。

やっと手に入れた美咲を離したくないという気持ちそのままに部屋に誘った直後、彼女は目に見えて狼狽した。航平は内心しくじったと思った。もっと余裕のある男っぷりを見せるつもりだったのに、がっついてしまった。あれで、もしかしたら彼女は怖気付いたのかもしれない。

「忽那さんは海外勤務とかされていたんですね。アメリカとかシンガポールってすごいですね。あ、でも向こうだと生活が大変そう」

「あっちに住んでみて、日本の冷凍食品とコンビニ弁当のありがたさが身に染みたよ。料理を覚えたのも必要に駆られて」

お酒を飲みつつ、探り探りの会話が続いていく。

やがてオーダーした料理が揃(そろ)い始めた。今日の店は美咲が予約した有楽町駅から銀座方面へ歩いて十分ほどの場所にあるスペイン料理店。

テーブルの上には生ハムの盛り合わせやタコのガリシア風、マッシュルームのアヒージョ、スペイン産チョリソーのグリルなど、定番のスペイン料理が並んでいく。

「一花ちゃんも料理は得意だよね。わたしによく時短料理のコツとか教えてくれるし」

「わたしのは手抜き料理だよ。凝ったものは作らないもん。カレーとシチューとハッシュドビーフのローテーション率高すぎだし」

さりげなく美咲が一花を褒める。これは、一花ちゃんのほうが料理上手で素晴らしいですよ、という彼女なりの遠回しなフェードアウト作戦だろうか。さすがに穿(うが)ちすぎだろうか。

「でも、一花ちゃんの作ったナスの煮びたし美味しいし、肉じゃがとか煮物も上手だよ」

「和食は基本醬油とみりんと砂糖と酒と出汁を突っ込んでおけばなんとかなるしね〜。手抜きだよ。あいつにもおまえの料理は茶色いのばっかだな、とか言われるし」

酒の入ったグラスを呷りつつ一花が唇を尖らせる。

「あいつって……？　聞いてもいいのかな」

「えー、まあ。はい。……婚約者です」

航平は内心ほっとした。

一花に決まった相手がいるのなら、美咲が航平に彼女をあてがおうという線は消えた。よかった。思考をマイナス方向に掘りすぎただけのようだ。

「一花ちゃんは今度結婚するんですよ」

「おめでとうございます」

航平は祝いの言葉を口にした。

「ありがとうございます。そうだ。美咲も一緒にブライダルフェア行く？　忽那さんは美咲が着るとしたらどんなウェディングドレスがいいですか？」

「一花ちゃん！」

突然の振りに、美咲が少し大きな声を出した。

航平はつい想像してしまった。美咲のドレス姿を、である。定番のAラインやスカートがボリューミーなプリンセスラインも捨てがたい。いや、いっそのことスレンダーラインでしっとりとまとめて、お色直しでゴージャスなプリンセスラインもいいかもしれない。美咲が着るならどのドレスがいいか選手権を航平はこれまでスマホ片手に何度も繰り広げていた。

「え～、いいじゃん。美咲だってブライダルフェア興味あるでしょう？」

一花が意味深な視線を向けると、美咲は口をはくはくとさせた。友人に対してちょっと怒ったような、照れているような顔も可愛い。

航平にはまだ遠慮がちな美咲が友人の前だとリラックスしていて、いつもより砕けた表情になっている。

それが新鮮でもあったし、少し落ち込みもした。航平に対して、まだ線を引いていることを痛感させられたからだ。

美咲は一花の耳に唇を寄せて何事か話している。一花の「まあまあ。落ち着きなって」という声が漏れ聞こえた。

「航平さん……、一花ちゃんの言葉はその……あんまり真に受けないでください」

「俺はブライダルフェアでもウェディングドレスの試着会でも模擬挙式でもなんでも付き合うよ」

はっきりきっぱり言うと正面に座る二人が同時に驚いたような顔を作った。

航平としてはむしろそういう場所には積極的に出かけたい。

美咲は視線を彷徨わせながらグラスの中身をごくごくと飲み干した。

二杯目が終わったところを一花が目ざとく見つけ「あ、美咲グラス空いているね。次どうする？　ねえ、サングリアシェアしない？」と開いたメニューを美咲に見せた。

「サングリアかぁ。飲んだことないかも。いいね、それにしようか」

「忽那さんも一緒にどうですか？」

「俺もいいよ」

航平も同意すると一花は店員を呼んでデキャンタのフルサイズを注文した。

ほどなくしてサングリアが運ばれてくる。赤ワインに輪切りにしたオレンジがたくさん浸かっている。見た目にも賑やかなそれをグラスに注いで、もう一度小さく乾杯をした。

「これ、美味しいね、一花ちゃん」

「ん、ほんとだ」

新しい酒がやってきて、先ほどまでのブライダル関連の話題は流れてしまった。

航平としては詳細な日程を決めてしまってもいいくらいに本気だったのだが、それはまた後日の相談事にとっておくことにしよう。

気が付くと美咲のグラスが空になっていた。

「美咲ったらいい飲みっぷりだねえ」

「うん。ワインなのに飲みやすくって」

美咲はさっそくおかわりを注いでいる。それをまた彼女は早いペースで飲んでいく。グラスの中身が減るに従い、美咲がよく笑うようになった。航平は何か、違和感を覚えた。なんとなく、前回と似ているような気がする。

「一花ちゃんがお嫁に行っちゃうと寂しいな。一緒に旅行に行ったの楽しかったね。小籠包美味しかったなぁ」

「どうしたの。美咲ったら」

美咲はおもむろに隣の一花に両腕を回しぎゅうっと抱きしめた。それに対して一花が少しだけ首をかしげている。

「だってぇ……」

「今日の美咲は甘えん坊さんだね」

一花が美咲の頭に手のひらをのせ、よしよしと撫でている。美咲はされるがまま、またぎゅっと彼女にしがみついている。

ひとしきり女同士の友情を確認し合った美咲はやおら席を立ち「お手洗いに行ってくるね」と一花に手を振った。一花が「行っといで～」とひらひらと手を振るのを航平はなんとはなしに見つめていた。

笑顔で美咲を見送った一花は首を正面に向けた。その顔からは笑みが抜き取られていた。

「さて、忽那さん」

「何？」

「美咲とのことは、どれほど真剣なんですか？　正直、忽那さんみたいなスペックならもっと世慣れした女性が群がってきますよね。興味本位で美咲に手を出しているなら、今すぐに身を引いてください」

ずいぶんと直球で来たものだ。美咲は単に友人を紹介するのではなく、自分からは言いづらいことを一花から話してくれるように頼んだのだろうか。とはいえこちらにも譲れないものがある。

航平は挑むように一花に視線を据えた。

「俺は興味本位で美咲ちゃんに手を出したわけではないからそれはできない」

「本気なんですか？」

「もちろん」

航平は一花の目を見つめたまま即答した。

一方の彼女も航平から目を逸らさない。それは嘘の一つも見逃すつもりはないと威嚇するようでもあった。

「じゃあ、本気でブライダルフェア来ます？」

あの言葉は一花なりの挑発だったらしい。真剣交際ではない美咲とは来られるはずもないだろう、と。

「もちろん」

「ふうん……」

一花の声からはまだ半信半疑であることが窺えた。今ひとつ航平のことが信用できないらしい。

航平たちが付き合い始めた経緯を彼女が知っているのであれば、心配するのも納得である。

「もしも、水戸さんが俺たちのなれそめを知っていて、それを危惧しているのなら……」

「ええ聞いていますよ。友人ですから心配もします。美咲は純粋でいい子で、だから騙されていないか心配なんです」

「確かに俺たちは色々と順番が逆だったし、酔った勢いを借りたところもある。けど、俺だってこの年で誰でもいいから持って帰るとか、そういう不誠実なことはしないよ」

「美咲だから持って帰ったってことですか？」

「もちろん」

航平は自信を持って頷いた。その間も一花はじぃぃっと航平の顔を睨みつけ、いや真意を測ろうと凝視している。

美咲への想いに関して、航平はなんの疚しさも持っていない。一花から目を逸らすことなく、その視線を堂々と受け止める。

「おまたせ」

二人の間の妙な緊張をのんびりした声が遮った。美咲が戻ってきたのだ。

途端に店内の喧騒を耳がキャッチする。つい今しがたまで、店内の騒がしさから外れたところで話をしていた錯覚を覚えていた。

美咲がすとんと着席した。元いた一花の隣ではなく、航平の隣の椅子である。

「美咲？」

一花の声掛けに美咲は首を小さく傾けつつ口角を上げ、おもむろに元いた席からサングリアの入ったグラスを引き寄せた。

「ん～、一花ちゃんとさっき仲良くしたから、今度は航平さんと仲良くする番」

「ふぅん？」

一花の声が尻上がりになる。

美咲は顔色もよく滑舌も悪くはない。つい先ほどまでとなんら変わりはないのだが、妙に艶やかなオーラをまとっている。

航平はこの感覚に覚えがあった。何よりも彼女との距離が近い。美咲が航平の手の甲の上にそっと手のひらをのせた。上目遣いでこちらを見上げて、ふわりと微笑み、サングリアに口をつける。

一連の仕草に航平の体中の血液がざわざわと荒立った。

「航平さん、次何か別の頼みます？」

「そう……だね」

航平は必死に平静を取り繕う。この短期間の間に美咲が色気を身につけて戻ってきた。美咲が航平の腕にまとわりつき、さらに体まで寄せてきた。ここ最近の彼女からでは考えられない近さである。

「うわー……」

一花が口をぽかんと開けている。

「驚いた。美咲って酔っぱらうとこんな風になるんだ」

「やだなあ、一花ちゃん。わたし、酔ってないよ」

美咲がくつくつと笑った。

しっとりと体を寄せてくる彼女は心底リラックスしており、航平はここが自分の部屋でないことを呪った。いや、それだと歯止めが利かなくなるからこのままでいいのか。いやしかし、自分たちは付き合っているわけで、彼女からゴーサインが出ているのなら美味しくいただいてしまっても問題はないのではないか。頭の中を煩悩が支配していくさまをしみじみと感じてしまった。

「いーや。酔ってるね。だって、美咲さっきまで忽那さんに甘えてなかったじゃん」

「そうかな」

一花の問いかけに美咲はことりと首を横に倒した。

「甘えちゃ、駄目ですか？」

美咲の可愛い上目遣いに、ごくりと喉が鳴ってしまった。

「いや……甘えてくれて構わないよ」

一花の手前あまりあからさまなことはできないが、美咲がそうしたいのなら、こちらは受け止める所存である。

お許しをもらって安心したのか、美咲は小さな笑い声を上げながら航平の胸に頬を摺り寄せた。愛らしい仕草に体が素直に反応を示しそうになり、必死になって抑える。

美咲は確実に酔っぱらっている。顔に出ていないだけで。

友人の変わりっぷりに放心していた一花が我に返り、スマホの操作を始めた。どうしてだか、そのスマホがこちらに向いている。

「……何をしているの？」

「え、状況証拠に動画撮影」

「……」

「いやだって、美咲のこの豹変っぷり。これ、覚えていなかったんですか？」

「ああ」

「前回色々あったときもこんな調子でした？」

「……まあ、そうだね」

撮影されていることに気が付いた美咲は、平素と変わらない顔色のまま一花に向かって手を振り「次はわたしたちも一緒に撮ろうね」と朗らかに笑っていた。

＊

まずい……。スペイン料理店でタパスを美味しく食べて、サングリアの口当たりが想像よりもよかったところまでは覚えている。問題はそのあとの記憶が不明なことだ。

「どうしよう……思い出せない」

わたしは自分のベッドの上でうめき声を上げた。見慣れたわたしの部屋なのだから、無事にアパートまでたどり着けたのだ。ちゃんとパジャマにも着替えている。

だが、途中の記憶が抜けている。

起き上がって部屋の中を見渡した。しーんとしていて人の気配はない。ということは航平さんを連れ込んではいないらしい。

「昨日は一花ちゃんも一緒だったしね。そうそう変なことをやらかしてはいないよね」

わたしは一人納得することにした。

今回も二日酔いとは無縁らしい。記憶がないこと以外はいたって平常運転。

起き上がったわたしは冷蔵庫から水を取り出して、ごくごくと飲んでからシャワーを浴びた。

そののち少々遅い朝食を食べ終わり、今日は掃除でもしようかなと考えていると、スマホが震えた。見ると一花ちゃんからだ。

「今日会えない？」とのメッセージに「いいよ」と返した。

一花ちゃんを待つ間、友達が訪れても恥ずかしくない程度に部屋を片付けた。あらかた済ませたのち、買い置きのお菓子がないなと思い、コンビニまで買い出しに走った十分後くらいに一花ちゃんが到着した。

「ごめんね。急に」

一花ちゃんは手土産にチーズタルトを買ってきてくれた。箱を開けるとふわりと香ばしい香りが鼻腔をくすぐる。定番の味と抹茶味と二種類入っていて、どちらも魅力的だ。

コーヒーを入れて二人仲良くチーズタルトをつつく。

「実は、昨日の記憶が途中からなくって。何か迷惑をかけなかった？」

「いいんや。美咲とっても可愛かったよ。その話をしたくて今日来たんだわ。店だとあれかな～って思って」

可愛い。えっと、何がだろう。昨日のわたし、何をしたの？　背中に嫌な汗が浮かび上がる。

わたしの狼狽とは裏腹に、一花ちゃんが鞄の中からスマホを取り出した。

「はい。観て」

動画の再生ボタンがタップされる。

すると、ざわついた店内を背景に、一組のカップルが人目もはばからずイチャイチャしている映像が流れた。

『美咲～。彼氏の紹介して』

動画の中から一花ちゃんの声が聞こえる。

『わたしの彼氏の忽那航平さん。すごく仕事のできる人で、でもわたしたちにも物腰が柔らかで、威張ってないし、素敵な人って社内でも評判なの』

『ですって、忽那さん』

わたしの顔から血の気が引いていく。

だって、動画に映っているイチャイチャカップルはまごうことなく、わたしと忽那さんで。え、待って。昨日のわたし一体何をしちゃっているの！

動画の中のわたしは忽那さんにしなだれかかって、素面のときでは考えられないくらいに密着している。おまけに腕まで絡めている。

「うそやだ。ナニやってるの昨日のわたしぃぃぃ！」

遅れてやってきた羞恥心で全身が沸騰しそうだった。熱い！　とっても熱い。顔から火を噴いたわたしは一花ちゃんに「止めてぇぇ」と叫びながらスマホをもぎ取ろうと手を伸ばした。

その手を一花ちゃんは華麗に避けた。

「駄目だよ、美咲。これからがいいところなのに」

「まだあるの？」

一花ちゃんは完全に面白がっている。反対にわたしは恥ずかしくって目に涙が浮かんできた。ナニコレ、一体何が起こっているの。

「ほら、これが昨日のとっておき」

一花ちゃんが再びわたしの眼前にスマホをかざした。

『はい。航平さん、あーんして？』

「いやぁぁぁ！」

なんと、昨日のわたしは撮影されていることなど気にもせず航平さんに絡んでいた。

普段は絶対にやらないであろう、あーんとか……。いや、やった。この間ミニトマトを航平さんの口に突っ込みましたけれど！

酔っぱらったわたしは妙なスイッチでも入っているのか、キャラが違った。航平さんとの距離が明らかにおかしい。しかもノリノリであーんをしている。

これはもう、完全に質の悪い酔っぱらいだ。酒癖の悪さを素面のときに見せつけられて、わたしは打ちひしがれた。これはしばらく禁酒決定だ。

「美咲可愛かったよ〜。いや、あれはあざと可愛い？　うん、女子だった。本気で本命を落とす女子だったよ」

「……穴があったら埋まりたい」

どこか面白そうな声を出す一花ちゃんには悪いけれど、わたしの今の心境は世界の果てで死にかけた旅人のように暗いものだ。

「まさか美咲があんなにも変わるとは思わなかった。しかもさ、顔も赤くないし口調もしっかりしているし。ただ、甘いんだよ。空気が。わたしにもしっかり甘えてきたよ。あれじゃあ忽那さんもお持ち帰りするわ」

「……ちなみにわたし……他の男性、例えば男性の店員さんにも絡んでいたりした？」

「ううん。忽那さんに対してロックオンって感じだった」

ロック……。そっか。そうだったんだ。一体なんてことをしてくれたんだ、昨日のわたし。航平さんにめちゃくちゃ迷惑をかけていた。

「帰りは……わたし、電車で？」

「うんにゃ。タクシーだよ。忽那さんが呼んでくれた。わたしも途中まで便乗して乗って帰っちゃったし。そんな遅い時間でもなかったんだけどね。一応わたしと忽那さんとで家の下まで送ったんだよ」

「それはご迷惑をおかけしました」

わたしは一花ちゃんの前で土下座をした。

「いいって。楽しかったし。そこまで遅い時間でもなかったから気にしないで」

一花ちゃんはからりと笑い飛ばした。

「あ。そういえば。最後別れるとき、美咲ったら忽那さんのほっぺにチューしてたよ」

「うそでしょ？」

「マジだわ」

そんな粗相までやらかしたのか、わたし！

ありえない。それではまるで痴女……。次々明らかになる衝撃の事実たち。もはや呼吸していることが辛くなってきた。

「わたしだって、彼氏にそこまでしないわ。いやぁ、ごちそうさまでした」

「恥ずかしすぎて死ねる……」

わたしはついに両手で顔を覆った。

きっと航平さんもびっくりしただろうし、馴れ馴れしいと思っているに違いない。

「忽那さんめっちゃ嬉しそうだったよ」

「うそ！」

「うそじゃないって」

と、そこで一花ちゃんが空気を変えた。これまでの明るいノリから、落ち着くように口元を引き締めた。

「ねえ美咲、忽那さんは美咲にマジだよ」

「え……？」

一花ちゃんが静かだけれど、芯のある声を出した。

わたしはその変化に気を取られていて、反応が遅れた。

この間から航平さんに対して猜疑心丸出しだったのに、一体どういう心境の変化があったのだろう。

「昨日の美咲、とっても可愛かったし。忽那さんの隣で心底リラックスしていた。わたしたちはほら、付き合いも長いから美咲が酔ってわたしに甘えるのは当然じゃん？　でも忽那さんにはまだ砕けきれていなかったじゃん？」

一花ちゃんがゆっくりした口調で、しみじみとした声を出した。

「……うん」

「なのにお酒の力を借りているとはいえ、あれほど甘えてリラックスして、忽那さんのいいところをさらりと言って。記憶だけきれいさっぱり消えていてもさ、口調も顔色も足取りも普通だったし。ちょっとだけリミッターを外した感じ？　美咲は忽那さん相手だから自分のことを偽りなく話したんじゃないかな」

初めて男性と付き合うことになって。相手はあの忽那航平さんで。

彼がどうしてわたしと付き合っているのかよく分からないから、まだ彼との距離感を掴（つか）み切れていなかった。間違えて嫌われてしまうのが怖かった。

でも、昨日のわたしは違った。自然に航平さんに甘えて、いいなと思っているところをさらさらと告げて、彼に密着して。

きっと、素面のときのように、拗らせていないのだろう。なんだか悔しい。わたしは昨日の自分に嫉妬している。

平素ではできないことを、昨日のわたしはさらりとやってのけた。まるでわたし自身がライバルのようだ。

「忽那さん、ブライダルフェア是非とも行きたいってさ」

耳元で一花ちゃんがいたずらっ子のように声を潜めた。

「美咲はさ、忽那さんと別れたいの？」

「それは……」

その問いかけに、言葉を詰まらせる。フェードアウトしたいと思ったのは、わたしがあまりにも航平さんに不釣り合いだと思ったから。それと彼は義理でわたしと付き合っているると思っていたから。

でも、もしも一花ちゃんの言う通り、航平さんの気持ちがわたしに傾いてくれているのならば……。

「あとは美咲次第だと思うな」

「わたし……次第」

「忽那さんは美咲に惚れているし、なんかもう美咲に甘えてもらって嬉しさを隠しきれていないって感じだったし。ちょっと今から電話して二人きりで会いたいですとか言ってみちゃいなさい」

「ええぇっ」

「嫌ならさっさと引導を渡す。少しでもいいと思うならこのまま付き合う。こういうのは時間をかけると相手にも酷だからね」

「う、うん」

わたしは一花ちゃんに促されるまま電話をかけることにした。

昨日お酒を飲んで色々やらかしてしまったと知ったからには一度ちゃんと謝罪もしたい。そのあとは……。

わたしはぎゅっと目をつむる。

一花ちゃんは昨日わたしがお手洗いに行った隙に航平さんと会話した内容を教えてくれた。それらは全部わたしにとって都合がよすぎるもので、胸の奥にほわほわした気持ちが生まれていく。

本当に、本当に航平さんはわたしに好意を持ってくれているのだろうか。

このまま真剣に交際を続けたいと思ってくれているのだろうか。

わたしの脳裏に、航平さんとの思い出が映し出されていく。全部が初めてで、そのたびに心臓が騒がしくしていたけれど、彼の笑顔をずっと見ていたいと思ったのだ。

彼が笑うたびに見惚れていた。絡めた手を解くのが名残惜しかった。

スマホを持つ手が震える。

いつまでもスマホの画面をタップできないわたしに、一花ちゃんが柔らかく目じりを下げた。

「美咲、今の美咲に必要なのは、ちょこっと勇気を出すことだよ」

頼りになる友人の声がわたしの背中を優しく押した。

翌日の日曜日、わたしは日比谷線の人形町（にんぎょうちょう）駅に降り立った。この駅を使うのは二回目だ。一度目は航平さんに持ち帰ってもらった翌日に利用した。

そして今日、あらかじめ航平さんから指定されていた出口の階段を上がると、薄手のシャツに細身のチノパン姿の彼が待っていた。

「お待たせしました」

「俺も今来たところ」

航平さんの嬉しそうな笑みが眩しくて、わたしは目を細めた。

「あの、今日は急なお誘いに応じていただき、ありがとうございます」

「彼女からのお誘いなんだから、一も二もなく飛びつくよ」

航平さんがくつくつと笑った。思えば彼はわたしの前ではいつも柔らかな顔をしている。

「じゃあ行こうか」

いつものように航平さんがわたしと手を繋ぐ。触れ合った指と指。初めてのときは手から汗が出てしまったのに。今はそんなこともない。

「俺の部屋でいいの？」

「……はい。あの、金曜日の謝罪もしたいので」

「そんな、気にしなくていいのに。あのときの美咲ちゃん可愛かったから」

動画の内容を思い出したわたしは一瞬動きを止めた。いえ、今すぐにでも忘れてください。こちらは地中深く穴を掘って埋まってしまいたいくらい恥ずかしい。

「変なことはしないから緊張しないで大丈夫だよ」

わたしの挙動不審を何かと勘違いしたらしい航平さんが口早に言い添えた。

一花ちゃんに言われた通り、昨日航平さんに連絡した。

素面だと可愛いことが何一つ言えないわたしは金曜日の謝罪をしたい旨を伝えた。

航平さんがどう感じているかは置いておいて、わたしはこの件に関して頭を下げておきたかった。酔ったわたしをタクシーで家まで送ってくれたのだ。彼の家よりも遠いのにわざわざ、だ。

謝罪のあと、わたしは航平さんとの関係をどうしたいのか彼に告げなければならない。このまま彼と付き合うことが嫌なのであれば、きれいさっぱり関係を解消する。

それが彼のためでもある。一花ちゃんの言葉は確かにその通りだと思う。

航平さんがわたしに対して本気なのならば、わたしは自分の気持ちと向き合わなければならない。

繋いだ手に意識を傾けた。

このまま繋ぐのか離してしまうのか。もしも、関係を解消したら。わたしたちは単なる顔見知り。仕事上の絡みだけになる。今のようにメールも電話もできなくなる。そのことに気が付いて、胸の奥がきゅっと縮こまるのを感じた。

ちくん、と胸に針が突き刺さったかのようだ。

彼との接点がなくなってしまう。それは寂しくて悲しい。

真っ先にそう思うことに、戸惑った。

「着いたよ、美咲ちゃん」

「うわっ」

航平さんの声で我に返った。目の前にドアがある。わたしはぎょっとして首を左右に振った。

すごい。いつの間に人類はワープ能力を手に入れたのだろう。

航平さんが部屋の鍵を開けた。

もう、あとには引けない。

わたしは答えを出さなければ。

「どうぞ」

航平さんに促され、わたしはそろりと玄関に足を踏み入れた。背後に彼が立っているため、前に進むしかない状況だ。

酔っ払っていないときにこの部屋の扉をくぐるのは初めてだった。

だからわたしとしては妙な心地でもあった。心臓の音をうるさく感じたけれど、不思議と逃げ出したい気分ではない。

「コーヒー淹れるから、美咲ちゃんはソファに座ってて」

その声に突き動かされたわたしは、新しいハウスにきょどきょどするハムスターのようにそろそろと足を動かして、ソファにちょこんと腰かけた。

しばらくすると、コーヒーの香ばしい香りが鼻腔をくすぐった。

二つのカップを手に持った航平さんがわたしの隣へやってきた。並んで座ると、今更ながらに密室に二人きりであることを意識してしまう。

航平さんは紳士だ。それに今は明るい時間。

わたしは手渡されたカップに口をつけた。コーヒーの苦みが口の中に広がっていった。

「あの！　改めて、金曜日は申し訳ございませんでした！　酔っぱらって何も覚えていないのですが、痴態を晒した挙句に航平さんにアパートまで送ってもらったと一花ちゃんから聞きました。立て替えていただいたタクシー代をお返しします」

緊張だとか二人きりだとか、そういうことは頭の隅に追い払った。まずは謝罪が先だし、今日の本題でもある。

「気にしなくていいよ。美咲ちゃん可愛かったし、誰彼構わず懐くってわけでもないみたいだし。俺と水戸さん以外の人には普通だったから。ああでも、多少は愛想がよくなるみたいだね。店のスタッフにもとびきりの笑顔だった。あれは妬けるからあんまり必要以上に愛想をよくしたら駄目だよ」

迷惑をかけられたはずの航平さんの声はいつもと変わらないくらい柔らかかった。それに今、可愛いとか妬けるとか聞こえたような。

「自分では自覚がないのですが……一花ちゃんに動画を見せられて猛省しています。しばらく禁酒します」

「会社での付き合いとかもあるだろうから、そこまで自分を律しなくてもいいと思うけど。確かに俺としても二杯くらいでやめてもらえると心配の種が減るかも」

航平さんは微苦笑しながらわたしの顔を覗き込んだ。

至近距離に航平さんの端整な顔があって、ぼんやりと見つめ返す。土日だろうが平日だろうが、彼はいつでも麗しい。イケメンは三百六十五日イケメンなのだと、どうでもいいことを考える。

やにわに航平さんの腕が伸びてきた。ふわりと彼の腕の中に閉じ込められる。

「でも少し残念。金曜日は美咲ちゃんから触れてくれたのに。覚えていないいんだろう？」

「あ……の……それは」

突然のことに体中が熱くなる。耳元で囁かれるその声に震えた。威圧感のないそれは、わたしの耳から体へ入り込んで、血管を通して体中を駆け巡っていく。

「素面の美咲ちゃんはいつになったら俺に気を許してくれるのかな」

ぎゅっとわたしを抱きしめる力が強まった。それと同時に、彼の声に切なさが混じった気がした。戸惑ったのは一瞬のことだった。

逃れたいと思うでもなく、それどころかわたしはやっと航平さんの温かさを感じ取ることができて頬がじわじわと火照っていく。

「友達を紹介してくれるくらいには、俺のことを彼氏として認めてくれているってことでいいのかな？」

わたしの体がゆっくりと後ろへ倒された。背中に感じるのは柔らかなソファの感触。

「あの……タクシー代……」

ソファの上に押し倒されたこの状況で、そんな現実的な台詞を口にするわたしは、相当に色気のない女だ。その自覚は十分にある。

「可愛い彼女が心配だったからね。電車よりもタクシーのが早いかなと思ったから気にしないで」

「でも……」

「そういう、真面目な美咲ちゃんに好感を持ったのは俺だけど、今この場で言われると男としては若干切ない」

航平さんがわたしの頬を手のひらで包み込む。

可愛くない女だと機嫌を損ねてしまったのかもしれない。わたしが眉を下げると「怒ってないからそんな顔しないで」と目じりにキスが落ちてきた。

「美咲ちゃんのこと、ずっと好きだったんだ」

「え……？」

「そつのない仕事ぶりとか、丁寧な態度とか、たまに見せてくれる笑顔とか。全部好き。美咲ちゃんに会いたくて無駄に日比谷に通い詰めていた」

航平さんは屈み込み、わたしの目じりにキスを落とした。

「嫌？」

囁き声にわたしはきゅっと目をつむった。嫌ではない。外に音が聴こえそうなくらい、心臓が大きな音を立てている。

けれども、声にするのが恥ずかしくて、じっと上を見つめた。

「ごめん。格好つけて無理強いはしないとか言ったのに……」

「え……？」

「俺、すごく浮かれてる。ようやく美咲ちゃんが俺のものになったから。俺のものだって、いろんな人に自慢したい。俺だけを見てほしい」

上から降ってくる言葉に溺れそうになる。

それくらい、航平さんの声は切実だった。

「俺、今余裕なんかない。三十五のいい大人だけど、この瞬間も美咲ちゃんがほしくてたまらない」

何を、とは聞けなかった。

航平さんの真剣な瞳と、隠しきれない熱情にわたしの体が熱くなる。

大人の色気を全身から放った航平さんにあてられて、ごくりと息を飲み込んだ。

今はまだ夜でもない。明るい時間帯で、場所はリビングダイニングルームで、さらにはソファの上で。

一度目はしたという事実だけで、その間の記憶は何もなかった。

けれども、この人はわたしの肌をすでに知っているのだ。

承諾したらこのあとどうなってしまうのだろうという初心な気持ちと、この先に手を伸ばしたいという年相応な想いが、コーヒーに垂らされたミルクのように混じり合う。

「……わたしと、ブライダルフェアに行ってくれるって……本当ですか?」

本当は違うことを言う予定だった。

けれども、口から出たのはそんな言葉だった。

「もちろん」

航平さんが砂糖菓子以上に甘い笑顔を浮かべた。見惚れて呼吸を止めてしまった直後、唇を塞がれた。

優しいキスだった。わたしを溶かそうとするように、航平さんが唇を食んでいく。

角度を変え、何度も啄まれて、息をしようと小さく口を開いたその隙を待っていたかのように、航平さんが舌を差し入れた。

彼の手がわたしの頭を押さえた。逃さないとでもいうような仕草を気にする余裕もなかった。

息継ぎの仕方も分からないわたしは時折くぐもった声を出しながら、懸命に彼のキスについていく。徐々に激しさを増していくそれは、まるで全てを食らいつくすかのよう。

航平さんは飽きるくらいにわたしの唇を貪りながら、カットソーの内側に手を入れた。

ようやく唇を離した航平さんが今度はわたしの首筋に触れていく。

「……ま、まだ……明るいのに……」

こういうのは夜にするものだという固定観念に突き動かされたわたしが口を開くと、航平さんがわずかに顔を上げる。

「美咲ちゃんがほしい。二度目はきちんと覚えていてほしい」

航平さんはわたしがここで本気で嫌がればこれ以上のことはしないだろう。

けれども、そうなればわたしたちの関係はここまでになってしまうことを予感させた。

視線が絡み合った。熱を宿した彼の瞳の中に、わたしが映っている。

「航平さんと……こういうのするのは、嫌じゃないです。だけど、その、ここは明るいし、場所もその……」

「じゃあ少しだけ暗い部屋に行こうか」

謎の羞恥心を発揮したわたしの主張をきちんと受け止めた航平さんは起き上がると、わたしを軽々と抱き上げてしまった。

運ばれたのは隣の寝室だった。

セミダブルのベッドの上に下ろされ、カーテンを閉め終えた航平さんがわたしの上に覆い被さった。

再び唇を塞がれた。性急に服が乱され、互いの吐息が耳をかすめていく。

こんな風に前回のわたしも航平さんに触れられたのかな。

体がびくりと跳ねあがり、そのたびに高い声が出てしまう。口を塞ごうとすると「駄目だよ。もっと聞かせて」と航平さんがわたしの手をシーツの上に縫い留めた。

何も纏わない肌と肌で触れ合うのがこんなにも温かくて心地のよいことなのだと知っていく。

そのことを教えてくれた相手が航平さんでよかった。今のわたしはちゃんと覚えていられる。そのことが嬉しい。

わたしは彼の背中に腕を回した。直後、彼に唇を塞がれた。今日何回目のキスだろう。

昼食をとることも忘れて、わたしたちは肌を重ね続けた。最後はぼんやりとした記憶しかなかった。たぶん、そのまま少し眠ってしまったのだろう。

目を覚ましたとき、隣に航平さんの姿はなく、室内は薄暗かった。どうやらそれなりの時間眠っていたらしい。

十月も近いこの頃は六時を過ぎたあたりから夕闇の浸食が加速する。

そろそろ帰らないと。そう思うのに体がまだ重たい。

もうしばらくのんびりしていようかな。寝返りを打って、とろとろ微睡んでいると、寝室の外から、かすかに音がした。扉が開閉するそれを聞いて、わたしはゆっくりと体を起こした。

もしかしたら航平さんは外出していたのかもしれない。

スライド式の扉がスーッと開いて彼が顔を覗かせた。

「あ、起きたんだね。食事もさせずに何度もごめん。ずっと我慢していたから我を忘れた」

航平さんがそんな風に言うから、わたしはうっかり彼の体温まで思い出してしまった。

彼は蕩けるような眼差しを向けてくる。わたしたちの関係が改めて変わったのだなと、すとんと胸の中に落ちてきた。

「これ、着替えと化粧品。そこの百貨店で買ってきた」

航平さんが……？

わたしは手渡された老舗百貨店の紙袋たちと航平さんの顔を交互に眺めた。

そうだ、ここは東京都中央区だった。この辺りの地理関係はまだよく分からないけれど、日本橋の大通りも近いのかもしれない。

「よく眠っていたから起こさずに買い物に出たんだ。今日泊まるのに必要だろうって思って」

そのフレーズにおののき、わたしは紙袋の中身を検めた。

中から出てきたのは有名下着メーカーの上下セットと、これまた有名コスメブランドの基礎化粧品一式。

「こ、これ！　航平さんが？　すみません、女性ものをわざわざ！」

イケメンが女性下着を買うシチュエーションが脳裏に浮かび上がりひっくり返ってしまったわたしは、自分から命令して買わせたわけでもないのにベッドの上で頭を低くした。

百貨店の下着売り場で一人、女性ものの下着を買う航平さん。百貨店の化粧品売り場で一人、女性ものの以下略……。とってもいたたまれない。恥ずかしかったのではないだろうか。

「俺が美咲ちゃんに泊まってほしいから買ってきただけ。明日は、うちから出社しなよ。近いから朝もゆっくりできるし」

にこやかに言われれば頷くしかなかった。

だって、下着も化粧品もあるし。同じく別のショッパーの中からブラウスとスカートが出てきた。ストッキングは……なかったので、あとで買いに行こう。

「今度お泊りセットを揃えようか。部屋着とか色々。美咲ちゃんがいつでも泊まりに来られるように」

航平さんがわたしの唇にキスを落とした。唇が離れて目が合うと、彼の瞳が妖しく煌めいた。もう一度キスが落ちてくる。くっついたり離れたり。ふわふわと合わせるだけのキスを繰り返す。

それはまるでわたしの心を撫でているよう。

これが幸せっていうことなのかな。ふわりと頭の中に浮かんだ。

「先にシャワー浴びておいで。夕食はパスタでもいいかな。ささっと作っておくから」

名残惜しそうにわたしから離れた航平さんの手のひらがそっと頰を撫でた。

何から何まで至れり尽くせりで、わたしがシャワーを浴びている間に料理はほぼ完成していた。あれだけ動いたのにどうして航平さんはこんなにも元気なの。

わたしには少し大きなサイズの借り物のスウェットを着て現れると、航平さんはなぜだか一度感極まったように俯いたあと抱きしめてきた。

明日は月曜日なのに、ベッドの中で遅くまで他愛もない話をしたり、キスされたり。

航平さんに包まれて彼の隣で目を閉じて。

急に縮まった距離がこそばゆくて、わたしは航平さんにぴたりとくっついたまま夢の中へと旅立った。

十月に入って、歩菜ちゃんの結婚お披露目会の当日がやってきた。

レンタルドレス店の店員さんに薦められるまま借りてしまったのはラベンダーカラーのレースワンピース。ミモレ丈の裾が歩くたびにひらりと舞う。美容院で髪の毛をセットしてもらったわたしは、恵比寿駅から徒歩数分の場所にあるダイニングレストランへ向かった。

冒険心みなぎるカラーチョイスだったため、とってもドキドキしたけれど、美穂ちゃんも綾香ちゃんも似合っていると褒めてくれてホッとした。

フロアは貸し切りで、店内はバルーンなどでポップに飾られている。

新郎新婦それぞれの友人たちがグループを作り談笑に耽っていて、さながら同窓会のようでもある。わたしたち三人もウェルカムドリンク片手におしゃべりに花を咲かせている。

「そうだ。わたしも婚活始めたんだ」

「美穂ったら行動早いね」

「だって。色々と逆算したらさっさと動き始めなきゃじゃん」

「逆算？」

わたしは首を傾ける。

「そう。お付き合いに何か月。式までにこのくらい。一人目の出産は何歳くらいで、二人目は何歳までにはほしいとか。色々と」

「えっ！」

わたしは、ようやくみんなと同じスタートラインに立てたんだと、ホッと胸を撫で下ろしていたのに。結婚も子供もまだまだ先の話で見当もつかない。

「すごいね。わたし何も考えてもいなかった……」

「人生プランは人それぞれだからね。わたしはこの間ファイナンシャルプランナーのところに行ってきた」

「綾ちゃん、なんでまた？」

綾香ちゃんの言葉にわたしはもう一度頭の上に疑問符を浮かべる。

「おひとりさまの人生設計と貯蓄についてのアドバイスをもらいに。わたし、まだフラのことで頭がいっぱいだし、いつか教える側にも回りたいし、ハワイに留学もしたいんだよね」

「えええっ、そうなの、綾」

結婚とは真逆の人生プランが飛び出して、美穂ちゃんが目を丸くした。

二人とも二十代最後の年にたくさんのことを考えているんだ。

わたしはこっそり落ち込んでしまった。処女を持て余していたとか、そういう次元ではなかった。もっとしゃっきり人生という名の大海原を生きていかなければならなかったのだ。

「二人ともすごい」

「そういうミサちゃんはどうなの？　あのあと何かあった？」

「わたしは……ええと」

まあ、あったといえばあったのだけれど。彼氏ができてテンパってましたとは言いづらい。

「あ、その顔は何かあったな」

美穂ちゃんがわたしの表情を読んで追求しようとしたとき、フロアの照明が落とされた。

途端に会場内がシンと静まり返る。司会者の男性（おそらく新郎の友人）にスポットが当たり、始まりを宣言する。

「では皆さま、お待ちかね。新郎新婦の登場です！」

最後の言葉と共に定番のウェディングソングが流れ出し、純白の衣装に身を包んだ二人が現れた。

わたしたちの拍手に出迎えられ、新郎新婦は互いに視線を絡ませながら入場し、高砂席へ。ライトを浴びた歩菜ちゃんは少々の照れが混じった笑顔を浮かべている。

新郎の挨拶と乾杯、二人のなれそめ紹介ムービー上映と、お披露目会は順調に進んでいく。ゲームの前に雑談タイムとなり、招待客が代わる代わる高砂席へ向かい、新郎新婦を囲んで記念撮影をしたり挨拶を交わし合ったりしている。

わたしたちも頃合いを見計らって歩菜ちゃんたちへ近付いた。

「みんな今日は来てくれてありがとう」

気が付いた歩菜ちゃんが喜色を浮かべて手を振っている。

「アユ、おめでと～」

「ありがとう」

歩菜ちゃんが新郎に「わたしの高校時代の友人」と紹介して、わたしたちも新郎の光貴さんにご挨拶。

一緒に写真を撮って、今度またゆっくり食事会でもと話をして次のグループに場所を譲る段階になったとき、わたしはそっとある言葉を口に乗せる。

「あのね、歩菜ちゃん。……わたしにも彼氏ができました」

一拍後。

「えぇぇぇっ!?」

「うわぁ、声が大きいって」

女三人の声がハモって周辺の人々が一斉にこちらに顔を向けたからわたしは慌てた。

「大きくもなるよ！」「ねえ」「どんな人なの？」と、それぞれが好奇心をむき出しにする。

「ふ、フツーの人だって。グループ会社の人で、職場で出会ってて。色々あって、付き合うことになって」

「美穂、綾ちゃん、ミサちゃんから詳しく聞き出しておいて」

「任せておいて」

重大任務を受けた美穂ちゃんが敬礼めいた仕草をして、わたしはフロアの椅子席へと連行された。

その直後、わたしは尋問というかなれそめを問いただされた。さすがに全部を言うわけにはいかない。懇親会で話して仲良くなって、それから付き合うことになったと、かなり省略した。

なんだかんだでわたしも世の女の子がするような恋バナをしてみたかったのかもしれない。

あんなにも素敵な人がわたしの彼氏だということが未だに信じられないのだけれど、ウェディングの空気に当てられてしまった。

「いいなぁ。付き合いたてかぁ。今が一番楽しいね」

「う、うん。今日も……彼の家に泊まることになってる」

わたしが白状すると二人が黄色い声を上げた。航平さんがわたしのドレスアップ姿を絶対に見たいと譲らなかったのだ。昨日はレンタルドレスを宅配で受け取ったり今日の準備のためにバタバタしていて会えなかったから、今日は絶対に迎えに行くと宣言された。

「うわ。にやけてる。ミサちゃんがにやけてる」

「うう……そんなことないもん」

でも、説得力ないかも。こんな風に航平さんから大事にされているとやっぱり嬉しいから。航平さんは日本人男性にしては率直に好意を示してくれると思う。

今回だって「可愛い美咲ちゃんが会場の男共に狙われるのが心配だから迎えに行く」と直球で言われてしまい返事に困った。会場の皆さんの目には、わたしみたいな地味女子、映ってもいないと思うけれど。

「でも、美穂ちゃんも綾ちゃんもすごいよ。色々将来のこととか考えていて。わたしなんて、目の前のことだけで精いっぱい」

「実はわたし、アユの結婚に刺激されちゃったんだよね」

「わたしも。二十代最後の年だって、みんなが動き始めているのを見て焦ったっていうのはあるかも。でも留学したいのは本気」

「そっか。わたしも同じかも」

三人はくすくす笑い合った。

お披露目会は順調に進んでいき、ファーストバイトでは笑いが起き、ゲームでは豪華景品を賭けて真剣勝負に興じた。ゲームで一緒になった新郎側の友人と美穂ちゃんが今も仲良く話をしている。

純白のドレスを纏った歩菜ちゃんは一番に輝いていて、光貴さんと目を合わせて微笑み合っている。

まぶしい笑顔に、高校生の頃の歩菜ちゃんのそれが重なる。卒業しても、進学先が違っても、わたしたちは会えばあの頃に戻ることができた。

わたしたちは、それぞれの道を歩んでいくんだ。胸の中にふわりと落ちてきた当たり前の事実に、目頭が熱くなってしまう。

終盤、夫婦揃って招待客へ感謝のスピーチをしたとき、わたしたちは目をウルウルさせたのだった。

お披露目会は終始素晴らしかった。幸せのおすそ分けをもらって、その余韻に浸りながら、わたしは航平さんと一緒に彼の部屋へ帰った。

恵比寿駅までわざわざ迎えに来てくれた航平さんを見た友人二人はとても驚いていた。確かに、わたしも未だに信じられないときがあるからその気持ちは分かる。

「ドレス買い取れないかな」

部屋に到着して、上から下までわたしの装いを眺めつくした航平さんがぽつりと漏らした。

「え……？」

「今日はもうこのまま抱きたいくらい可愛い」

「駄目ですよ。これは借りものですから」

このまま寝室へ連れていかれる気配が濃厚だったので、わたしは慌てて釘を刺した。レンタルドレスのまま、ことに及ばれたら大変。

わたしは即座に「着替えてきます」と宣言した。

それなのに航平さんがわたしの腕を離してくれない。

「あ、あの……？」

「うん。もう少しだけ」

航平さんが飽きることなくわたしを見つめる。

そんなにも熱心に見るほどのものでもないけれど。そう心の中で呟いてみたものの、今日のわたしはいつもより背伸びをしていることも確かで。

美容院でヘアメイクをしてもらったから、まるで自分ではないと思えるほど盛っている。髪の毛は編み込んで毛先は巻いてあるし、メイクも普段使わないようなパステル調の色を使っている。レース地のワンピースはそれだけで華やかで、姿かたちはまるでお人形のようだ。人間変わるものだと、わたしが一番に慄(おのの)いたくらいだ。

航平さんの指が伸びてきて、ゆっくりとわたしの頬に、唇に触れていく。そのあと彼の顔が近付いてきた。そっと合わせるだけのキスが何度も落ちてくる。リップ音がしたと思ったらゆっくりと航平さんの舌が侵入してきた。

この流れはまずい。この服レンタルなのに！　このままでは航平さんが狼(おおかみ)になってしまう。

「だ、駄目……」

わたしは素早く彼の側から離れた。

「仕方ない。諦めるよ」

航平さんはわたしの本気を悟ってくれたらしい。よかった。

しかし、ホッとしたのもつかの間だった。

「その代わり、違うことをして楽しもう」

彼はにっこりと微笑んだ。その笑みに、背中がぞわりと震えた。

「ち、違うこと……ですか？」

「ああ」

彼はそれ以上何も言わなかった。

わたしは航平さんの気が変わらないうちに、ワンピースを脱いでしまうことにした。

それに、髪の毛もそろそろ下ろしたい。ヘアピンをたくさん使って固定してあるから結構痛いのだ。

先にシャワーを借りることにしたのだけれど、事件はその直後に起こった。

なんと、航平さんが浴室に乱入してきたのだ。

驚きすぎて声も出ないわたしに対して、彼は背後から腕を回してきて「今日は一緒に入ろうか」と楽し気な声を出す。

ちょっと待って。まだ心の準備ができていない。こんな高度なプレイ、わたしには無理だと叫びたいのに、プレイって何？　と心の中のわたしが突っ込みを入れてくる。

シャワー口から吐き出されているお湯の音が浴室内に響く。

狭い浴室は、要するに逃げ場もないわけで。

こ、これが世の恋人たちの普通なの……？

「こ、航平さん……」

「ん、何？」

後ろからわたしを包み込む航平さんの声がいつも以上に艶やかに聞こえた。

色気十割増しなその声だけで体から力が抜けてしまう。

「い、いえ……」

何を問えばよいのか。

体中の血液が集まってきたと思うくらいに、わたしは顔を赤くして。そのあとの言葉が続くことはなかった。

二人でシャワーを浴び終わる頃には、わたしの体はすっかり熱を孕んでいて一人では歩けなくなっていた。

航平さんに部屋に運んでもらい、髪の毛まで乾かしてもらってしまった。

その後、待ってましたとばかりに着たばかりのパジャマを剝がされて、航平さんはわたしの耳元で、「明日はまだ休みだからこのあと一晩中しようか」と囁くのだ。

「！」

航平さんを知ってしまったわたしの体は、甘さを孕んだその言葉だけで、彼を受け入れる準備をしてしまう。

じっと見つめ合い、優しいキスが落ちてくる。始まりの合図に、わたしはそっと瞼を閉じた。

航平さんが胸から鎖骨の上へ舌を移動させる。薄い皮膚の上を這う感覚にわたしは体を揺らしていく。

「……駄目です。そこは……」

ちりりとキスマークをつけられる感触に少しだけ理性が戻ってくる。人から見える場所はどうにも恥ずかしい。

「どうして？」

「だって……みんな……わたしが航平さんと付き合っているの……知っているから……」

かなり本気で訴えたのに、航平さんはやめるどころか盛大にわたしの肌に吸い付いた。

派手なリップ音と共に彼が顔を上げる。

「そろそろ気温も下がってきたし、襟の詰まった服を着れば問題ないよ」

なぜだかものすごくいい笑顔だった。

なぜに……？

近々、会社帰りに首元まであるブラウス買いに行こう。この間も思わぬ場所に赤い痕を見つけたのだ。最近丈の長いスカートばかり愛用している。

けれども、強く拒否できない自分もいて。

彼の指がわたしの肌を辿るたびに、高い声が室内に響いた。耳元で「美咲ちゃん」と呼ばれるたびに胸の一番奥が切なく震えた。

わたしを求めてくれる航平さんの、少し切羽詰まったような顔。

それを間近で見つめるたびに、わたしは彼を引き寄せたくなる。

ぴたりとくっついて体温を感じるたび、これが夢ではないのだと実感する。

目を覚ますと「おはよう」と落ちてくる声。

わたしにとってはそのすべてが砂糖菓子以上に甘くって。

どこかお出かけしたいね、って言い合っていたのに翌日もずっとベッドの中でいちゃいちゃしていた。

＊

仕事帰り、丸の内仲通りを歩いていた航平の目に、とあるジュエリーブランドのロゴが飛び込んできた。女性人気の高いその店は航平もチェックを入れている。

実は、美咲に婚約指輪を贈ろうと考えているのだが、サプライズがいいと無駄なこだわりを発揮し、一人で悩む日々を送っている。

こういうとき、世の男共はどうやって意中の女性がほしがるデザインを探り出すのだろう。直球で聞けばいいのに、それは嫌だった。「航平さんすごい。どうしてわたしの好みが分かったんですか？」と言われたい。男は格好つけたい生き物なのである。好きな女性の前でなら尚更だ。

せめて職場が同じなら、日常会話などから彼女の好みが知れるのだが、あいにくと同じグループ会社であるものの働くオフィスは違うし、この頃はめっきり日比谷のオフィスを訪れる回数が減ってしまった。

このたび、新規プロジェクトにも名を連ねることになり、今後はそちらの比重が大きくなる。順調に出世を重ねているのだが、その分仕事量も増えるのが難点だ。

ジュエリーショップからまっすぐ進み行幸通り(みゆきどおり)にぶつかったところで、白いドレス姿の女性が目に入った。丸の内界隈はウェディングフォトの人気スポットなのだ。航平はこの界隈を歩くことが多いため、よく目撃する。

今まではなんとも思わなかったのだが、今は真剣交際をしている恋人がいる身である。

（そうか。東京駅前で前撮りするのもありだな）

ライトアップされた東京駅をバックに微笑む美咲が脳内に浮かび上がる。

航平のすぐ近くで二組のカップルが撮影に望んでいる。通行人たちにとっては慣れた光景で、反応もせずに歩いていく。

結婚式とは別に前撮りするのもありだ。ものすごくありだ。

「今日の航平さんとっても素敵です」と、はにかんだ美咲が上目遣いで見つめてくるから、航平はこう返すのだ。

「美咲ちゃんこそ、ドレス姿とっても似合っている」と。

それから東京駅をバックに二人で見つめ合い、口付ける寸前まで顔を寄せ合ったところを写真に残してもらう。最高の一枚になるだろうから是非待ち受けにしたいし、大きく引き伸ばしてパネル印刷もしてしまおうか。

前撮りと本番と合わせて二回も美咲のウェディングドレス姿を見ることができるのだから眼福ものだ。

どうせなら、ドレスは違う形にしてもらおう。以前から吟味に吟味を重ねている美咲に似合うドレス選手権を再び頭の中で繰り広げながら航平は電車に乗った。

電車の中でも航平の妄想は止まらなかった。

ドレスから発展して、披露宴の余興まで考えた。やはり、ファーストバイトは外せない。「航平さん、あーんしてください」とはにかむ美咲や、「二人同時に食べさせ合おう」と航平側からスプーンを差し出すシチュエーションまで、色々考えた。

妄想のおかげであっという間に最寄り駅である水天宮(すいてんぐう)前に着いてしまった。

マンションのエントランスの前にたどり着くと一人の男性が佇んでいるのが見てとれ

た。

誰だろう、待ち合わせだろうか。それとも訪問販売の類だろうか。その割には格好がラフだし、大荷物だと思った。

ふと、男性が顔を上げた。それを目にした航平は驚きに息を呑んだ。

＊

オフィスビル前にある緑地に設えられたベンチに座っている航平さんを見つけたわたしは「お待たせしました」と駆け寄った。

お昼休みの待ち合わせも今日で数回目。今やすっかりわたしたちの定番デートになった。

「航平さん？」

「ごめん。少しぼおっとしてた。じゃあ行こうか」

ぼんやりというか、航平さんは眉間に皺を寄せていた。もしかしたら仕事で厄介なことが起こったのかもしれない。

立ち上がりわたしの背中にふわりと触れた彼に促され歩き出す。その最中、そっと彼の様子を窺った。いつもと変わらない朗らかさを纏っている。先ほどの表情は気のせいだったのだろうか。

オフィスからほど近い和風ダイニングは注文後すぐに出てくるため重宝している店の一つだ。

航平さんがカレイの煮つけ定食、わたしが鶏の竜田揚げ定食を頼んだ。

「油を使うのが面倒なので、揚げ物は外で食べることにしているんです」

がっつりメニューチョイスのため、つい言い訳をしてしまう。

「俺も家だと煮つけとか作らないからこういうときに食べるよ」

「一花ちゃんが和食得意なんですよね。今度教わろうかな……」

つい口にしてからハッとした。ちょっと自己主張が激しすぎただろうか。それとも浮かれすぎ？

航平さんにはいつも優しくしてもらっているから、何か恩返しししたい。

とはいえ、料理の修業はこっそりやるべきだ。よし、今度一花ちゃんからレシピを教えてもらって美味しい煮つけを作れるよう練習しよう。

そう決心したわたしは話題を変えることにした。

「わたし実は昨日、兄と会ったんです。急な出張でこっちに来たとかで暇つぶしの相手をさせられました」

「へえお兄さん遠い所に住んでいるんだ？」

「はい。今仙台に住んでいます。向こうに転勤になってお義姉さんと知り合って結婚して。甥っ子たちが可愛いんですよ」

航平さんが興味を示したので、わたしはスマホのアルバムの中から甥っ子の写真を見せた。甥っ子二人が可愛すぎてつい自慢してしまいたくなる叔母心だ。

「美咲ちゃんは二人兄妹？」

「はい。航平さんは？」

「俺は弟が一人」

「あ、なんだかお兄さんって感じがします」

そこからは兄弟の話になった。航平さんの家族の話を聞くのは初めてだ。

わたしは、子供の頃に些細なことで喧嘩をしたことや、同級生のいじめっ子から守ってもらったことなどを話した。

「あのときは、お兄ちゃんがいてくれてよかったって思いました。小学生の頃の上の学年って、それだけで強いっていうか。逆らったら駄目っていうプレッシャーがありますよね」

「美咲ちゃんみたいな素直で可愛い子だったら、守りたくなるお兄さんの気持ちも分かるな」

「あんまり守ってもらった記憶もないですよ。今話したエピソードくらいなものです」

「俺たち兄弟はもっと低俗な喧嘩が絶えなかったな。弟はかなり遠慮がないから。しょっちゅう人のもの使うし。買っておいた飲み物とか黙って開けるし飲み干すし」

言いながら徐々に航平さんの眉間に皺が寄っていく。感情が籠もっているから、過去に大好物を勝手に食べられたとか、何か重大事件があったのかもしれない。

確かにわたしにも身に覚えがある。これは兄弟あるあるだ。

「わたしも兄によく勝手に食べられていました。お土産でもらったお菓子とか。わたしあのとき泣いたから、今でもたまに鳩サブレ買ってきてくれるんですよね」

「微笑ましいエピソードだね。鳩サブレ好きなんだ」

「いえ、大好きってことでもないんですけど、友達からもらったのを勝手に食べられて悲しくて泣いたんです」

昔のことを未だに覚えている兄はなんだかんだといい人なのだ。

「航平さんは弟さんとよく会ったりするんですか?」

「……たまに会うくらいかな」

大人になれば兄弟といってもこんなものだ。仕事で忙しいし、家を出てしまえば会う頻度も少なくなる。

家族の話で盛り上がっていたら、あっという間に昼休みも終わりに近付いてきた。

やはり休憩時間の逢瀬は短く感じてしまう。

会計を済ませたあと、航平さんが「そうだ。今度どこか行こうか。せっかくだから遠出もいいね」と切り出してきた。

「これからの季節だと……紅葉とかでしょうか」

「ああ、いいね。鎌倉とか日帰りでちょうどよさそうだね」

少し遠いイメージのある鎌倉は一回訪れたことがある程度だ。航平さんと行くのであれば楽しいに違いない。

「鎌倉、いいですね。楽しみです」

「今まで俺の部屋でデートばかりだったから。たまには外にも出ないとね」

「わたしは航平さんのお部屋でのんびりも好きですよ」

「俺も、好きなんだけど……」

わたしは小さく首を傾げた。航平さんの物言いが、どこかはっきりしないからだ。

そういえば最近航平さんはわたしを部屋に誘わないことに気が付いた。これまで彼はことあるごとにわたしを部屋に招いていたのに、最近はとんと機会がない。

「あんまり出歩かないのも手抜きをしていて、彼女に嫌われるってモノの本に書いてあったんだ」

「本……ですか？」

「いや、ニュースサイトだったかな」

「わたしは航平さんと一緒なら、部屋でまったりで全然かまいませんから。無理しないでくださいね」

「ありがとう、美咲ちゃん。今週末も会える？　どこか行こうか」

などと話しながら歩いているとすぐにオフィスビルに到着してしまった。

「じゃああとで」

航平さんが片手を上げた。

今日は十五時から打ち合わせのため、推進課を訪れることになっている。近頃は航平さんの部下が先頭に立つようになったのだけれど、今日は是非にも一緒に出席してほしいと部下に泣き付かれたのだそうだ。

その前に別の取引先に寄る予定の航平さんと別れたわたしは、またあとで会えることに嬉しさを感じながらエレベーターに乗り込んだ。


来社した航平さんはオンオフをきちんと使い分け、ビジネス用の表情を張り付けていた。わたしは平静を装いながら、見惚れてしまう始末。

恋愛慣れしていないため、同じフロアに航平さんがいると考えただけで地に足が着かないような、どこかそわそわした心地になってしまう。

これはまずい。定時までに今日のノルマをやっつけないといけないのに。

とはいえ、打ち合わせのあとだから航平さんは多分忙しいのだろうな。このあと会う暇はないかもしれない。それを抜きにしてもいらぬ残業はしたくないので、頑張る所存ではあるけれど。

「真野さん、すごい集中しているね。さては、今日はこのあとデートだな？」

「ち、違いますよ、小湊さん」

「オフィスラブかあ。さっきも忽那さん、めっちゃ熱心に真野さんのこと見つめていたよね」

コーヒー片手に課のスペースに戻ってきた小湊さんはにやにや顔だ。

完全にからかわれているわたしは表情を引き締めた。

「そんなことありません。忽那さんは公私混同はしないんです」

「いや、だいぶ甘い表情をしていたけど」

「小湊さんの気のせいです」

「真野ちゃん可愛い！　そういうことにしておこう」

やっぱり今日も小湊さんには勝てない。ポーカーフェイスを作っているつもりなのに、やはりどこかこう、ふわふわしているのかもしれない。

小湊さんが着席して仕事に戻るのを横目にわたしも、もうひと集中。

資料作りと集計が一段落したため、凝り固まった首と背中を動かしつつ、わたしは席を立つことにした。

わたしも何か飲み物が欲しくなったのだ。オフィスにも自販機はあるけれど、気分転換も兼ねて一階のコンビニに下りることにした。

アイスカフェラテを買って、五階に戻ってくると、こちらに向かって歩いてくる鈴木さんと目が合った。

「お疲れ様、鈴木さん」

若干の気まずさを持ちつつも、わたしはなるべく普通の声になるよう心掛けた。普段と変わらない態度で接していれば鈴木さんもそのうち返事をしてくれると思うから。

「……」

鈴木さんはわたしを一瞥したが、その唇は固く引き結ばれたまま。

一応わたしは鈴木さんの先輩なのだし、職場の同僚でもあるのだから、腹に一物あっても挨拶くらいは返してほしい。そして、彼女の頑(かたく)なな態度に更科課長がそろそろ我慢の限界に来ているらしい。今まで静観していた課長の忍耐が擦り切れそうだと小湊さんが教えてくれたのだ。

鈴木さんは今回もわたしを無視して通り過ぎようとする。

わたしは小さく深呼吸をして、ぐっとお腹に力を籠める。更科課長をこんなことで煩わせたくはない。

「あのね、鈴木さん。わたしのことが気に食わないのは仕方ないけど。ちゃんと挨拶はしよう？」

意を決して鈴木さんの背中に話しかけた。

「……呑気に買い物して余裕ですね」

「これは気分転換。鈴木さんだってよく買いに行っているでしょう」

「いかにもわたしがさぼっています的な言い方やめてくれません？」

「ごめん」

言い合いに慣れていないわたしはすぐに言い負かされた。

鈴木さんはわたしのほうに向き直った。どうやら話す気になったらしい。

しかし、友好的な内容でないことは、その眼差しの強さから察せられた。

「大体、忽那さんて真野さんのどこがよかったんですかね。こーんな地味で平凡な人選ぶなんて。なんかがっかり。真野さんも急に服装とか髪型を変えておっかしいの。必死かよって感じ」

鈴木さんは上から下までわたしを眺めつつ口元を歪めた。

「わたしだってたまに……忽那さんがどうしてわたしのこと選んでくれたのか不思議に

思うよ。それでもわたしなりに試行錯誤しているのを笑うのは……やめてほしい」

「真野さんが必死になっているのが可笑しいから笑うんでしょ。まあ、彼氏があんなイケメンで、自分が地味だと大変ですよね。可哀そう、忽那さん」

自棄になったのか不貞腐れているのか、鈴木さんは今までの彼女からは信じられないくらいの悪態をついた。

その声は思いのほかよく響いた。

勢いで言ってしまったのか、鈴木さんはその直後目を見開いて口を閉ざした。彼女の視線はわたしの背後へと向けられている。

「彼女は地味でもないし、俺は美咲と付き合えてむしろ今が絶好調に幸せな時期だよ」

後ろから聞こえてきたのは、航平さんの声だった。

柔らかだけれど、有無を言わさない意志の籠もったそれを聞いた鈴木さんが唇を戦慄かせた。彼女はばつが悪そうに航平さんの眼差しから逃れるように一度床を見つめたのだが、すっと顔を上げた。

「忽那さんて、真野さんのどこがよくて付き合っているんですか？　正直、顔じゃないですよね」

まさか直球で質問するとは思わなくて、わたしとそして航平さんの部下が凍り付いた。

その彼は、すぐにフリーズから溶けて「俺、エレベーター呼んどきます」と逃げてしまった。

「誰に対しても礼儀正しいところとか、ミーティングの準備も資料作りも毎回とても丁寧なところとか。まじめで気配りなところとか。もちろん美咲自身も可愛くて好きだよ」

航平さんは声の調子を変えることなく、けれどもゆるぎない声で鈴木さんの質問に答えた。

まさかそこまでいくつも出てくるとは思わなくて、わたしと鈴木さんが同時に息を呑む。実は先ほどから航平さんが美咲と呼んでいるのも地味に気になっている。普段とは違う呼ばれ方に胸がドキリとしてしまう。

「可愛いって……化粧っ気もないのに？」

「ナチュラルメイクだよね。俺はこのくらいのが好きだよ」

「でも……。たまたま忽那さんの仕事と絡む課にいて。それでちゃっかり忽那さんと付き合うとか……ずるいし……」

わたしはすとんと腑に落ちた。

最後の一言が、彼女の胸の内なのだ。それは分かりにくくて小さすぎる、航平さんに対する好意の表現。

「たまたまだろうが偶然だろうが、俺は美咲と出会って好きになった。それだけのことだ。俺はこの縁に感謝をしているし、今後も彼女を大切にしていきたい」

真摯な声が廊下に響いた。

「……っ！」

鈴木さんは航平さんの言葉には何も返さずに、足早にその場から立ち去った。ちらりと見えた彼女のまつげが震えていた。

わたしは彼女を見送ることしかできなかった。

取り残されたわたしたちの間に沈黙が流れた。嫌な空気ではないことが救いだったけれど、改めて何か別の話題に変える気にもなれない。

「わたしもそろそろ戻らないと」

元は飲み物を買うための離席だったのだ。手に持ったアイスカフェラテの容器に水滴が浮かんできている。

「これからも美咲って呼んでもいい？」

「は……い……」

離れようとするわたしの耳元に、いつもの柔らかな口調で航平さんが話しかけてきた。

ほんの少しだけ呼ばれ方が変わっただけ。なのに世界が違って見えるのはどうしてだろう。

「また連絡する」

もう一度わたしは首肯して、今度こそ航平さんと別れて急ぎ足で自席へ戻った。

「ふぅ……」

椅子に座って、知らずに長い息を吐いてしまう。

鈴木さんはきっと航平さんのことを憎からず思っていた。あの表現は彼女なりの好きの言い方なのだ。だいぶ分かりにくいけれど。

胸が小さく軋んだ。

わたしは正攻法で航平さんと付き合うことになったわけではないから。最初のきっかけは酔った勢いで。

航平さんはわたしに好意を持ってくれていたみたいだけれど、わたしが彼を好きになったのは鈴木さんよりもあとのことだと思う。

最初は芸能人に対するミーハーな憧れと同じだった。身近にいる素敵な人を目で追って、たまに話して、ああ今日もかっこいいなあ、などと感想を持つくらいだった。

それ以上の気持ちを持たないようセーブしていた。

それくらい彼は住む世界が違う人間だと思っていたのだ。

でも、今は。きっかけがどうあれ、わたしは航平さんが好き。

近くなればなるほど、惹かれていった。繋いだ手にはにかんで、笑い合って、二人の時間をつくっていって。

これからも彼と過ごしたい。それがわたしの偽りない気持ち。

わたしは数回深呼吸をして頭の中を仕事モードに切り替えた。ここからはきびきび働かないと。恋にかまけて仕事の質が落ちたなどと言われるわけにはいかない。


週末は雲一つない晴天で、わたしと航平さんは表参道まで足を延ばしていた。

路地裏に点在する雑貨店などを冷やかしつつ、二人でのんびり歩いていく。手を繋いで、気の向くままにお店に入って品物を手に取って好みを言い合ったり。

「あ、このマグカップ可愛い」

「そうだ、俺の家にも美咲用の食器揃える？」

「いいんですか？」

「もちろん。美咲のお気に入りが俺の家にあるの、すごく嬉しい」

航平さんがにこりと笑った。

彼氏の家に自分用のマグカップやお皿があるのか。なんだかこそばゆい。

「じゃあ今選んでもいいですか？」

「もちろん」

それから二人でマグカップ選びが始まった。

どんなものがいいか、とかせっかくならお皿も買おうとか、話が膨らんでいく。

「じゃあ今日買ったやつは俺が持って帰るね」

「はい」

あれ。今日は航平さんの部屋に呼んでくれないのかな。

そっと窺うも、彼は爽やかな笑みを浮かべたまま。だからわたしはここ最近の違和感を胸の奥にしまった。

紙袋を手に持った航平さんに促され、通りを歩いていると彼が「こんな所にアクセサリー店があるんだ」とガラスウィンドウへ近寄った。

わたしは航平さんの背中を見つめて小さく息を吐いた。

付き合い始めのときはよく部屋に誘ってくれたのに、近頃は外で会うことが多いのだ。別に、部屋に行けないからといって拗ねているわけではないのだけれど、少し寂しい。部屋でまったり過ごすのも嫌いじゃないし、二人きりだと航平さんとの距離も近くなるから。

と、考えたわたしは一人で顔を赤くした。これではまるで積極的に二人きりになりたいと考えているようではないか。

一人で百面相をしていたわたしを航平さんが不思議そうに覗き込む。

わたしは恥ずかしくなって「あのネックレス可愛いですね！」と話を逸らした。

そうしたら彼が食い付いてきて、適当に言っただけのアクセサリーの好みについて様々な質問をされて困ってしまった。

お店を巡ったわたしたちは、路地裏で見つけたカフェに入ることにした。

運よく二人用の席が空いていたため、通されたわたしたちはホッと息を吐いた。少々歩き疲れていたようだ。

店内は温かな木目調のテーブルや椅子でまとめられている。大きな窓からは光が射し込み、明るい雰囲気だ。

「素敵なカフェですね」

「そうだね。いい店を見つけたね」

わたしたちは微笑み合った。

ドリンクだけにするつもりが、写真付きメニューのチーズケーキに視線を奪われてしまい、つい頼んでしまった。

今日はたくさん歩いたし、と言い訳をしておく。

少ししたのち、注文したドリンクとケーキが運ばれてきた。

「お待たせしました」

「ありがとうございます」

女性店員さんが「伝票はこちらに置いておきますね」と言った。

その直後彼女は軽く目を見開いて、「あら、先日はどうも」と航平さんに話しかけた。

「ああ……確か三浦さんでしたね」

「そう、三浦です。先日はお世話になりました」

三浦さんと呼ばれた女性はぺこりと頭を下げた。ショートボブの彼女は、わたしよりも少し年上に見えた。清潔感のあるナチュラルメイクに接客慣れしているであろう、自然な笑顔を彼に向けている。

どうやら航平さんの知り合いらしい。

「三浦さんの職場ですか？」

「ここはわたしの友人がオーナーなんです。よく手伝っているんですよ。わたしにとっても学ぶことが多いので」

「そういえば、カフェをオープンするんだって言っていましたね」

「はい。一応そっちの作業も並行しています」

「頑張ってくださいね」

「ありがとうございます。では、ごゆっくりどうぞ」

三浦さんはお辞儀をしたあと、その場から立ち去っていった。

「あの……お知り合いですか？」

「え、ああ」

カフェをオープンさせようとする人と顔見知りだなんてすごいなあ。会社員のわたしからは想像もつかない世界だ。

わたしはぱくりとチーズケーキを頬張った。

「ここ、素敵なお店ですね。ケーキとっても美味しいです。今度一花ちゃんに教えてあげようかな」

「確かに美味しそうだね。俺も頼めばよかった」

「よければ、一口食べますか？」

「え、食べさせてくれるの？」

「航平さん？」

ここはお店ですよ。そういう念を込めた視線のまま名前を呼べば、彼は無念そうな顔を作った。

翌週、就業前に航平さんとチャットのようにメッセージのやり取りをしていると、小湊さんがずばり切り込んできた。

「朝から楽しそう。幸せオーラが眩しすぎる！」

「別に。普通です」

小湊さんにからかわれるのもほぼ日課になりつつある。まずい。もっと表情筋を引き締めないと。

「順調そうで何より。うちなんて、風呂掃除とごみの分別で喧嘩だよ～」

「面倒ですよね。ごみの分別」

「変なもの入っているとマンションの管理人から電話来るからね」

「うわ。それは怖いですね」

小湊さんの愚痴に付き合っていると、始業時間になった。

メールチェックから始めて、ルーティーンの資料作りをこなしているとあっという間に昼休み。そして午後になった。

急ぎの仕事もないし、順調にいけば今手を付けている頼まれごとも終業時間までには終わるはず。

さて、もうひと踏ん張り、と伸びをしていると内線電話が鳴った。相手は総務課だった。なんでも来客とのことで、しかも相手はわたしへの取次を要求しているのだとか。

四葉不動産ビルマネジメントでは受付専門のスタッフを置いていない。来客用の入口は無人で内線電話が設置されている。訪問者は内線電話で総務部を呼び出し、それから各部署への取次を頼むことになっている。

今日、推進課への来客はなかったはず。

わたし宛の来客はほぼないのだが、同じ課の人の代わりに来客応対をすることがたまに発生する。

「佐野さん……ですか」

……誰だろう。テナントの人かな。大抵のことはメールや電話で済むけれど、たまに足を運んでくる人もいるのだ。

わたしは総務の女性社員に「こちらで対応しますので大丈夫です」と伝えてから内線電話を切った。

作りかけの資料ファイルを保存して立ち上がり、来客用の受付スペースへ向かう。

内側から扉を開けると、そこには同世代と思われる丸顔の女性が佇んでいた。薄手のモッズコートにジーンズというカジュアルな装いだ。

「あなた、真野さん？」

「はい」

「念のために聞くけど、真野美咲ってこの会社に一人？」

「……そうですけど」

女性は二度もわたしの名前を確認してきた。彼女は不機嫌さを隠そうともせず、不躾な眼差しをよこしてきた。

日に焼けた肌は健康的で、髪の毛はピンクベージュのような明るい色。それを無造作に後ろでまとめている。

「確かに、あのとき見た女だよね……」

彼女は口の中で何かを呟いた。

「ちょっとさ、付き合ってよ」

「え……？」

「一応、わたしだって、気を使ってあげようって言ってんの」

「……どういう意味でしょうか？　テナントの方ではないんですか？」

「テナント？　何それ。わたしはあんたに個人的に用があるの」

「わたしに……？」

突然にそんなことを言われても困ってしまう。

だってわたしは彼女とはまったくの初対面なのだから。人の顔を覚える能力については人並みだと思うけれど、目の前の女性はわたしの周りにはいないタイプの人間だ。

わたしが戸惑った色を見せると、彼女は目に見えてイライラし始めた。

「くっつーのことで用があんの！」

「くっつー……？」

「忽那でくっつー！」

わたしに言い聞かせるような声は、存外によく響いた。

大きな声と航平さんの名字が出てきたことに驚いて、その場で固まってしまう。

彼女はわたしの腕を摑んだ。そしてそのまますたすたと歩き出した。自動的にわたしの足も動き出す。

やってきた先はエレベーターホールだった。

彼女が立ち止まった。ようやく腕を離してもらえてホッとする。

しかし、それも束の間で、女性はわたしを上から下まで舐めるように見つめてきた。

否、鋭い視線で値踏みするように睨みつけてきた。

少し怖くなって、無意識に一歩足を後ろへ動かしてしまう。

「くっつーはこれのどこがよかったんだか。めっちゃ地味じゃん。たいして可愛くもないし」

酷い言われようだが、本当のことなので反論できない。

わたしが何も言い返さないことに溜飲を下げたのかそれとも苛立ったのか。

彼女が一歩足を踏み出した。反射的にわたしは身を引いた。

「あのね。くっつーは、わたしと付き合っているの。恋人なの！　それなのに、あんたがくっつーの彼女名乗っているとか、ありえないんだから！　身の程を知れっての」

彼女の激しい剣幕に、わたしの心臓がみしみしと音を立てた。昔から、誰かと争うのは苦手だった。彼女の声の大きさに比例するように、脈拍が速くなっていく。

それに、彼女は今なんて言った？

「ちょっと優しくされたからって、勘違いしないでよね！　わたしとくっつー、めっちゃ付き合い長いんだから！」

彼女は一方的に畳み掛けるように告げたあと、わたしの返事も待たずにやってきたエレベーターに乗り込んでしまった。

彼女にとってわたしは取るに足りない相手と見なされたのだ。

頭の奥が痛い。ガンガンと鐘が鳴っているかのようだった。

しばらくの間わたしは幽霊のようにその場でふらふら揺れていて、気が付いたら自分の席に戻っていた。

仕事、しないと。席を外す前にやりかけていたファイルを開いてマウスを動かしていく。

衝撃的なことがあって酷く意識が曖昧なのに、わたしの脳は感情と理性を繋ぐ回路をぷつりと外したかのようにクリアだった。

カタカタとテンキーを打つ音が耳に届く。エクセルのショートカットキーを駆使して表を作成していく。電話が鳴れば淡々とした声で応答した。

このままずっとこうしていたい。いっそのことパソコンと同化してしまいたい。

そうしたら嫌なことを考えずに済む。

航平さんが……、と頭に彼の顔を思い浮かべたらもう駄目だった。

わたしは単に現実逃避をしていただけだった。

「……さん」

わたしは顔を上げた。

「真野さん。就業時間、過ぎているよ。大丈夫？　相当に集中していたみたいだけど。誰かに無理難題でも吹っ掛けられた？　真野さん優しくてしかも資料作りも速いから、みんな色々と頼みまくりでしょ。たまには自分でやれって言ったっていいんだよ」

わたしはパソコンの右下に表示されている時間に目をやる。

気が付くととっくに就業時間を回っていた。

「だ、いじょうぶです。今日はもうきりがついたので終わります」

ぼんやりした声を出すと、小湊さんは訝しげにわたしの顔を覗いてきたけれど、それ以上は何も言わず「じゃあ、お疲れ様。また明日ね」と手をひらりと振って帰っていった。

現実に引き戻されたわたしは涙が浮かぶのを必死でこらえて、帰り支度をした。

ついさっきまでは仕事に逃げることができたのに。

これから家に帰ってどうやって過ごせばいいの？

電車に揺られながら、最近航平さんが部屋に呼んでくれなくなったことを再び思い出す。

この前のデートのときだって。結局何もなく、途中で別れて家路についた。

もしかしたら航平さんはわたしに飽きてしまったのかもしれない。恋愛経験が豊富ではないし、いつも受け身ばかりだった。

今日現れた彼女のように、行動力のある女性のほうが彼には眩しく思えたのかもしれない。

ああ駄目だ。一人になると思考が暗い方向に落ちていく。

ずるずると底の見えない深い沼に落ちていったわたしは、何をしたのか食べたのかもよく思い出せないまま、気が付くとスマホのアラームを止めていた。いつの間にか朝が訪れていた。

思考が昨日から止まったままの状態で出社をすると、即座に小湊さんに拉致られた。

かろうじてパソコンの電源だけつけることはできた。習性っておそろしい。

「ちょっと。真野さんを訪ねてきた女性がいたんだって？　しかも、彼氏を取った取られたって大声で話していたとかなんとか。耳ざとい人たちが噂してる」

オフィスの壁際に連れていかれたところで、怖い顔の小湊さんが至近距離で詰め寄ってくる。

彼女の言葉に分かりやすく顔を強張(こわば)らせたわたしから何か察するものがあったのか、小湊さんは声を落として「エレベーターホールで、二人がやり合っているのを見た子がいるんだって」と教えてくれた。

エレベーターホールは誰が通ってもおかしくない。昨日のあの女性は声が大きくなる一方だった。それに比例するようにわたしの胸がつぶれていったのだけれど。あれを誰かが聞いていたのだろう。

「……それで、真野さんは忽那さんに確認をしたの？　裏取った？」

「う、裏……いいえ。今は何も考えられなくて」

引きつった喉から少しかすれた声が出た。

「相手の一方的な言いがかりってことだってあるんだから。鵜呑(うの)みにしちゃ駄目だよ」

「でも」

「そりゃあわたしだって、最初は不動産の人から聞いた噂話鵜呑みにして真野さんに変なこと吹き込んじゃったけど。忽那さん、真野さんと付き合っていること不動産では隠してないっぽくって。惚気話は長いけど、今なら課長どんなミスしても見逃してくれそうなくらい優しい、ユルいってもっぱらの評判らしくって。そんなラブラブなんだ。よかったって安心していたんだから」

小湊さんはわたしの目を見て真剣な顔をして励ましてくれる。

ありがたいけれど、それでもわたしは自分から動く勇気を出せないでいる。

「とにかく。相手の女の一方的な主張だけを聞いたら駄目だよ。もしも、本当に忽那さんが別の女性と何かあったのなら、忽那さんの話も聞かなきゃだし。場合によっては証拠も摑んでおかないと」

「しょ……うこ……ですか」

「泣き寝入りはしないってこと」

うじうじするだけのわたしに比べて小湊さんは現実的だった。彼女のおかげで頭がほんの少しずつ回り出す。

確かにわたしは決定的な何かを見たわけではない。航平さんの彼女を名乗る女性から一方的に言いたいことを言われただけだ。

「でも、相手はわたしの名前も勤務先も知っていたわけですし。それくらい……忽那さんと親しいってことじゃないですか」

「そこも確かめないと」

正直言うと、とても怖い。

航平さんの心変わりも、これまでの優しさが偽りだったと知ってしまうことも。何もかも怖くて彼に会うことすら、今は怖いと感じてしまう。もしも、彼がわたしに向ける眼差しに、今回のことを裏付ける感情が乗っていたら……。

この場から動き出せなくて、なんの返事もできない。

小湊さんはそれ以上何かを言うことはなかった。彼女はひと呼吸ののち、時計を確認して「そろそろ始まる時間だね」と現実的なことを口にした。

席に戻る道すがら、鈴木さんが通りかかる。

自販機の飲み物を手にした彼女は、わたしを追い抜かすとき、くすりと笑った。

一瞬だけ嘲るように目を細め、足早に立ち去った彼女に対して、余計に猫背になって俯いてしまう。

これは調子に乗った罰なのかな。

あんなにも素敵な人がわたしの彼氏であることが、おかしなことだったんだ。

自席に戻っても気を抜くと嫌なことばかりが頭の中に浮かんできてしまい、わたしは必死になって仕事に集中した。

今朝の小湊さんの言葉が頭の中に残っていたのかもしれない。

終業後、わたしは気が付くと人形町駅で降りていた。

ここから航平さんの住むマンションへは徒歩七、八分ほど。何度か通ったから道のりは覚えている。大通りはこれから飲みに行くと思しきサラリーマンのグループや保育園のお迎えと思しき親子連れなどで賑やかだった。

わたしは大通りから街灯の少ない裏道へ入り、とぼとぼと歩いていく。

日が暮れた通りに、白い灯りが等間隔に浮かび上がっている。

連絡をする勇気もないのに、航平さんの住む場所へ行って何がしたいのだろう。

待ち伏せ？　張り込み？　答えは否だった。

ただ、一人でアパートに帰りたくないだけ。意味が分からない。

自分の心に整理がつかないまま、導かれるように航平さんの住む場所へ足を向ける。

マンションが近付くにつれて、徐々に心拍数が上がっていく。

航平さんに会いたい。ううん。会いたくない。会えなければいい。

相反する心がせめぎ合う。

それでも進む足は止まらなかった。

優柔不断な心を抱えたまま歩いていたせいか、記憶にあるよりも早くマンション付近へ到着した。

もうあと、ワンブロック先が航平さんの住むマンション。

日本橋のすぐ裏手とは思えないほど静かで、思いのほか人が住んでいることを航平さんと付き合い始めてから知った。最近ではオフィスビルよりもマンションが建つことのほうが多いよ、って航平さんが言っていたっけ。

街灯とマンションのエントランスから漏れる明かりの中、わたしの目にある光景が飛び込んできた。

若い男女が二人、向かい合っている。

カップルかな、と思った瞬間わたしの心臓が凍り付いた。

「こ……うへい……さん？」

薄手のコートに暗い色のボトムという少しラフな格好をしているのは紛れもなく航平さんだった。まだマンションまで少し距離があるけれど、見間違うことはない。

だって、あんなにも端整な顔立ちの男性はそうほいほいといるはずもない。

彼は女性の腕を摑んでいた。彼女は後ろ姿で、顔までは分からないけれど、暗い色のショート丈のモッズコートにパンツを合わせている。

その姿が昨日の女性と重なって見えた。彼女もカジュアルな装いをしていたからだ。

二人が見つめ合っている。

その刹那。

腕を引いた航平さんが女性を抱きしめていた。

その一部始終がまるでスローモーションのように、わたしの目に映っていた。

ぴしりと、何かがひび割れる音が聞こえたような気がした。

これは、なんの音だろう。

よく分からなかった。

くらりとよろけそうになるのを必死に我慢する。

全身から血液が抜き取られるような錯覚を覚えた。

駄目だ。道端で倒れるわけにはいかない。倒れたらまず人に迷惑をかける。それに救急車を呼ばれるかもしれない。両親に連絡が行くだろうし、失恋してショックで貧血を起こしましたとか、説明したくない。

こんな状況下でも、わたしの頭は妙に冷静だった。そのおかげで辛うじて立つことができている。

わたしはのろのろと回れ右をして、元来た道をゆっくり歩いて帰った。

どうやら帰巣本能だけで家にたどり着いたらしい。床にぺたりと座り込んでぼんやりする。

残念だけれど、すべてが終わってしまった。

時間が経つごとに、航平さんの心変わりを現実として受け入れていったわたしは、このあとすべきことを考え始めた。

みっともないことはしたくない。

引き際くらいは格好よくありたかった。

わたしはスマホを取り出して、航平さんへメッセージを打ち始める。

『今までありがとうございました。さようなら』とだけ打った。読み返すと、じわりと目に涙が浮かんだ。

躊躇ったら送信できなくなる。わたしは震える指でスマホをタップした。

あとは、きっと時間が解決してくれるから。

わたしはばたりとベッドの上に突っ伏した。

どうやらわたしは腫れもの扱いになっているらしい。

この数日、同じ課の人たちが妙に優しい。

わたしは普通に仕事をしているはずなのに、推進課の某社員がスタバの新作を買ってきてくれたし、別の某社員はコンビニでチョコレート菓子を買ってきてくれた。それから更科課長まで「たまには有休使ってみたら？」などと言う始末。一応適時有休消化はしています。

正直今は出社しているほうがありがたい。

ルーティンをこなしていれば、余計なことを考えずに済むから。

航平さんからは何度も電話があったけれど、話をしたら泣きそうだったので全部無視させてもらった。

もしも、彼がきちんと別れ話をしたいのであれば、一度は出ないとまずいのだろうけど、彼の口から改めて心変わりをしたと聞きたくないのが本音だった。

この日は、いつもわたしに資料作りを任せる某社員にまで「たまには自分で作るよ」と言われてしまった。おかげで手持ち無沙汰になり、仕方なく定時で帰路についた。

この腫れもの扱いはいたたまれない。ものすごく。

時間が空いてしまうと、悲しみに心が浸食されてしまう。だったら、総菜の作り置きでもしようかと思って、最寄り駅近くの商店街とスーパーをはしごして材料を買い込んだ。

いささか買いすぎた荷物を持ってアパートに到着すると先客がいた。

年季の入った階段を上がった先の二階。わたしの部屋の扉の前に、スーツ姿の男性が佇んでいた。

「美咲」

「どうして……」

航平さんがここにいるの？

わたしはちゃんとお別れをしたのに。

航平さんがきゅっと顔を歪めた。その表情は何かに耐えるような、苦しそうなものにも見えた。

「あんな一方的なメッセージをよこしたきり、電話も出てくれない、メッセージの既読も付かないだと苦しくて、悪いとは思ったけど待たせてもらった。美咲、あのメッセージはどういうこと？　どうして突然、あんなものを俺に送ったの？」

「……どうしてって……そのままの意味です」

わたしは固い声で短く答えた。

航平さんがひゅっと小さく息を呑む。

「わたし……もう何もかも知っています。だからさようならって送りました」

航平さんの顔を見れないまま、わたしはぼそぼそと呟いた。

これで察してほしい。お願いだからこれ以上言わせないでほしい。わたしを惨めな気持ちにさせないで。

「えっ……。美咲、あのこと知っていたの？　それで、さようならって……」

航平さんが顔から更に色を失くしていく。

これ以上のことを聞きたくなくて、わたしは素早く鍵を取り出した。彼の脇をすり抜けて、鍵穴に鍵を挿す。ガチャリと回す手が震えてしまったけれど、素早くドアを開け、彼の視界から逃れようとする。

「美咲待って。話し合おう。俺の何が不満か教えてほしい」

航平さんがわたしの腕を掴んだ。

「やぁっ！　離して」

わたしの本気の拒絶に、彼の手が緩んだ。その隙に航平さんの腕を振りほどき、部屋の中へ身を滑らせ、ドアをバタンと閉めて鍵をかけた。

部屋に入った安心感から目に涙が盛り上がる。

よかった。航平さんの前で泣かなくて。

「美咲！」

ドア一枚隔てて航平さんの声が聞こえる。

何度か名前を呼ばれる。それがやんだと思ったら、今度は鞄の中のスマホが振動を始めた。

わたしは電源を切った。そのあと、断続的にチャイム音が聞こえたけれど、全部無視した。

やがてそれも聞こえなくなり、わたしはそろりと玄関へ近付いて外の様子を窺った。

どうやら航平さんは帰ったようだ。しかし、それはそれで悲しくなった。もうこれきり会えないのだと思うと、みるみるうちに視界が霞み、頰を伝って雫がぽたぽたと落ちていく。

涙は涸れることがなかった。次から次へと湧いて出る。

明日は土曜日だから目元が腫れても構わない。わたしは久しぶりに子供のようにわんわん泣いて、やがて疲れて眠った。

＊

美咲から一方的に終わり宣言をされた航平はふらふらと家路についた。

美咲と連絡が取れなくなってから二日考えて、やはり納得ができなくて彼女の住むアパートを訪ねた。確実に美咲に会うために仕事のスケジュール調整をさせてもらってまで、早い時間からあの部屋の扉の前で張り込んだ。

あんなメッセージを送ってきて、その後話もできない。納得がいかなかった。さようならってどういう意味なんだ。理由を聞かせてほしかった。

美咲は部屋の前で待ち伏せをしていた航平に驚いていたが、こちらも必死だった。ようやく手に入れたのだから、取りすがりたくもなる。

結果、航平は美咲に捨てられた。

やはり先走って婚約指輪を買ったのがよくなかったのだろうか。

それともがつがつしすぎたのが原因だろうか。男に慣れていない美咲にがっつきすぎた自覚なら十分にある。彼女なりのお試し期間は終了したのだろうか。

付き合ってみたら存外に重たくて、こんな男とは結婚できないと思われても仕方がないのかもしれない。

よろよろと自分の住むマンションの下までたどり着いたとき、ぐいっと腕を引かれた。

「くっつー」

明るい女性の声が聞こえた。

「ねえ。くっつーってばぁ」

ぐいぐいと腕を引かれた航平は、自分に無遠慮に触れる人物へ顔を向ける。

「くっつーってば、スーツ姿も似合うよね～。あ、どうして電話に全然出てくれないの？　わたしずっと鳴らしていたのに」

航平の腕をぶんぶんと揺さぶるのは二十代中頃と思しき女性だった。丸顔で、明るい色の髪にカジュアルな服装をしている。航平はじっと彼女を見下ろしたが面識はない。

一体誰だろうと考え、先ほどのくっつーという呼び方に思いつく。

「たぶん人違いだよ。きみの言うくっつーって、弟の、洋平のことじゃないかな」

航平は先日数年ぶりにふらりと姿を現した自分とそっくりな顔の弟を思い起こした。

女性は眉を寄せて睨み顔を作る。

「わたしのこと、騙そうとしていない？」

「どうして？」

「だってわたし、くっつーにお兄さんがいるとか聞いてないし。しかも顔だって本人そのままじゃん」

「昔から似た顔立ちだったたし、成長してからは双子のようだって言われるようになったけど、よく見たら多少は違うと思うけど」

二つ年下の弟と航平は、三十を超えた現在、以前にも増してそっくりだと言われるようになった。だが、自分としては、数年前にウェブエンジニアとして勤めていた会社を辞め、世界を見てくるとかなんとか言ってバックパック一つで旅立ち、両親を大困惑させた弟と似ていると言われても複雑な心境である。

女性は目を眇めて航平の顔をじっと眺めた。睨みつけられているという表現のほうが正しい。

「暗いからなあ……」

確かにすでに日は沈んでいる。顔の造作や雰囲気など、詳細まで見極められないのか、彼女は半信半疑であることが分かる顔つきでスマホを取り出した。

「わたしずっとくっつーに電話してるのに」

視界にスマホの画面が飛び込んでくる。そこには通話アプリの発信履歴が表示されている。

航平は嘆息したのち、プライベートのスマホを取り出した。同じアプリの画面を出して、彼女に見えるよう差し出す。

「ほら、これが俺のＩＤで、きみのトーク履歴のものとは違うだろう」

女性は自分のスマホ画面と航平のそれとを比べる。

「うう～、じゃあ本当にお兄さん？　年、違うの？　めっちゃ似てるね」

「双子みたいだとはよく言われる。ちなみに俺のほうが二学年年上。話を変えるけれど、どうしてこの住所を知っているの？」

「え、だって、ここが帰国したくっつーの現在の住まいなんでしょ？」

「……ここは俺の家。あいつは……新しい家が見つかるまでの間の居候だ」

「えっ！　そうなの？　ここ、お兄さんの家だったの？」

女性の驚きっぷりに、航平の胸の中に沸々と怒りが湧いてくる。

昔から場当たり的な行動で周囲を翻弄するきらいのあった洋平である。そして、航平はその弟に振り回される損な役割につくことが多かった。

今回も、彼はちゃっかり兄の住まいを己の住まいだと言ったようだ。問いただしてもどうせ「え、だって嘘は言ってないだろ。仮住まいとは言わなかっただけで」とかなんとか言い訳をするに決まっている。そういう男なのだ。

「そうだよ。あいつは間借りしているだけ。カンボジアから帰国後押しかけてきて、居候している」

最初は少しの間だけなどと言っていた洋平だが、一週間が経過し、二週間以上、そして現在もリビングルームを拠点に我がもの顔で人の部屋で生活をし続けている。

おかげでこちらは美咲を呼ぶこともできずにいるのだ。

「一応ここには住んでいるんだよね？」

「そうだけど、今日はここにはいないよ。実家に顔を出しているから」

「それこそ、ほんと？」

「なんで」

再び女性がじとっと航平を睨みつける。

「弟を隠そうとしていない？　わたしね、くっつーと話がしたいの。あいつ、帰国したあとわたしに会いたいって言ったくせに。わたしのこと忘れられないとか言っていたのに、別の女と会っていたんだよ？　まあくっつーは昔からモテたし誰にでも優しいから勘違いする女もポップコーンのようにぽろっぽろ出てくるわけよ。だからわたしが追い払うって言って、追い払ってきたのに！　本人電話出てくれないとか、意味分からないんだけど」

航平は呆れてしばし遠くを見た。一体洋平は何をやっているのだ。カンボジアで出会った女性を追いかけるために帰国したのではなかったのか。

先日顔を合わせた弟の想い人は、しっかりとした大人の女性だった。

航平の目には洋平は彼女にベタ惚れしていたように見えた。何しろ、彼女を前に大きな犬が尻尾をブンブン振る幻影が見えたのだ。

ただ、必死のアピールにもまるで気付いてもらえていないようではあったけれど。

しかし、その女性が「あなたずいぶんと長い間国外にいたでしょう？　駄目よ、ちゃんとご両親に帰国の報告をしないと」と諭してくれたおかげで、洋平は重い腰を上げて両親の元へ向かったのだ。

要するに、その女性が彼の弱みでもあるわけだ。それなりに誠実さを身につけて帰国をしたと思っていたのだが、一体どういうことだ。やつは何をやっている。

「洋平に電話してみるよ」

航平は弟の番号を呼び出しコールする。何コール目かで「もしもし、兄貴？」と洋平と繋がる。

「おい、洋平。おまえ今どこだ？」

『え、そっちに帰る最中』

「……」

帰ってなんだよ。実家に帰ったんだから今日はそっちに泊まれよ、こっちだって心の中ぐっちゃぐちゃなんだよ、などの怒濤の文句を航平は呑み込んだ。

『俺だって朱美さんのことで辛いのに、母さんのぐちぐちした小言なんか聞いていられないよ』

航平の無言の不平不満を読んだのか、洋平が嘆息交じりにこぼした。母は平均的な日本人思考を持っている。突然海外へ旅立った次男の行動が理解できず、当時母は荒れた。あれは大変だった。とはいえ、航平もそのときは海外研修という名の赴任中で、国際電話で母の愚痴を延々と聞かされただけだったのだが。母の嘆きを一心に受けた父親の苦労がしのばれる。

その母との対話である。さすがに本日で即和解とはいかなかったらしい。

「ちょっと、くっつー！　朱美って誰よ。あんた、まだ別の女がいたの？　真野美咲って女があんたを惑わした悪女じゃなかったの？」

航平の傍らで電話でのやり取りに耳を澄ませていた女性が急に兄弟の会話に割り込んだ。どうやら洋平の大きな声が聞こえたらしい。

『げ、その声はランラン……そこ、いたの？』

電話越しの声で分かるほどに、洋平と隣の女性は親しいらしい。

そして聞き捨てならないことを彼女は口走っていた。

「おい、真野美咲ってどういうことだ？　俺の彼女とおまえは関係ないだろ。ちょっと、ランランさん。美咲に何吹き込んだの？」

「え、だからくっつーの密会相手でしょ？　わたし、見たんだから。有楽町近くの高架下の店から仲良く出てくる二人……って……もしかして、それって正真正銘お兄さん本人だった？」

「もしかしなくても俺と俺の彼女の美咲だよ。それで、洋平は美咲のことを教えたんだな。自分の本命を隠すために」

前半をランランに、最後の部分を電話越しに聞いているであろう洋平に低い声を出す。

『お、俺、今日は実家に帰ろ……』

「今すぐ戻ってこい。今すぐにだ！」

航平の中に先ほどから溜まっていた怒りがマグマとなって噴火した。

とにかく今すぐにやつから話を聞かなければならない。

美咲の態度がおかしかったのも、突然にさようならと言い出したのも十中八九このことが原因だ。

『兄貴、これにはちょっと複雑なわけが……』

「複雑なわけ？　ふざけるな！　いいから早く戻って事情を説明しろ」

「ご、ごめん。お兄さんの彼女さんとは思わなくて、そもそもくっつーにお兄さんがいること自体、今日知ったし。……わたし、お兄さんの彼女さんの働く会社に押しかけて、啖呵切ってきちゃった」

ランランが慌てて事情を説明した。彼女はだいぶ行動力があるらしい。

「それについても、もちろん詳しく教えてくれるよね？」

「ご、ごめんなさいぃ！」

『うわ。ランラン何かやったの？　昔からおまえおっかないからな～』

「おまえは茶々を入れないでさっさと戻ってこい。いいか、今すぐにだ。逃げたらおまえの荷物全部粗大ごみに捨てるからな！」

『分かってるよ！』

「ちょっと、くっつー。わたしもあんたに話があるんだからね！　お金だって貸したんだから、ちゃんと全部納得できるように説明してよね！」

今回は甘い顔はしていられない。

どうやら長い話し合いになりそうだった。

＊

航平さんに今度こそさよならをした翌日。

今日は土曜日だ。その甘えもあって、わたしはお昼近くにようやくベッドから起き上がった。

「あー……何か、食べるもの」

昨日は食材をしこたま買い込んだところで終わってしまった。

イレギュラーで航平さんと別れ話をしたから、気力が底をついたのだ。

かろうじてスーパーの袋から冷蔵庫に移した昨日のわたし、グッジョブ。

しかし何もやる気が起きない。今日は一日このままダラダラしていようかな。お腹も空いているのかいないのかよく分からない。

この数日何を食べて暮らしていたんだっけ。そんなことを考えたら、胃が空腹を主張し始めた。

食欲に突き動かされるかたちで、わたしはのろのろ起き上がり台所へ向かった。ジャンクフードが食べたかったけれど、あいにくとポテチとかのお菓子は皆無で、調理をしないと食べられない系の食材しかなかった。

パンでも焼くか……。

その前に顔洗うか……。

動物園のパンダのほうがもっと機敏に動くだろうという緩慢な動きで朝の支度にとり

かかったわたしが食パンを胃に収めたのは約三十分もあとのことだった。

お腹が膨れるとようやく頭が回り始めた。とりあえず、動こう。総菜の作り置きとか掃除とか。何かの作業に没頭していれば、この胸の痛みも薄らぐはず。

「よし！　やろう」

そう声に出した直後、ピンポーンとチャイムが鳴った。

新聞の勧誘かな。じゃあ居留守を使ってしまおうか。家賃の関係でオートロック付きの部屋に住むのを断念したのだけれど、こういうときその差額を実感する。

もう一度ピンポーンと鳴った。続けてもう一度。ピンポーン。

三度とは、ちょっとしつこい。

わたしは気配を消しつつ入口ドアへ近寄った。ドアスコープを覗いたわたしは息を呑んだ。

なんとチャイムを三度も鳴らした相手は航平さんだった。昨日お別れをしたはずの人がどうして。

しかも、だ。航平さんは細胞分裂をしていた。だって航平さんが二人いるのだ。

え、ちょっと待って。どういうこと？

いつの間にこの世界ではクローン技術が発展していたの。それとも某猫型ロボット的な最新技術？　立体映像？　わたしの思考回路が斜めに回り出す。

だいぶおかしな考えが頭の中を一周したあと、いつかの航平さんの言葉を思い出した。そういえば、弟がいると言っていた。あれは双子ということだったのだ。よかった。クローンでも細胞分裂でもなくて。

「いないのかな……」

薄いドアの向こうから声が聞こえた。

コーポとは名ばかりの築十数年のアパートがわたしのお城である。正直、壁は薄い。

「いや、いるでしょ。気配するし」「おまえ、分かるのか？」「うーんなんとなく」などという会話が続けて聞こえてくる。

「しばらく張っていたら水道のメーターが回り出すんじゃん？」

その発言にわたしは慄いた。

一体いつまで人の部屋の前で待つつもりだ。

わたしはドアチェーンを掛けたままそっとドアを開いた。よかった、パジャマから部屋着に着替えておいて。ああでもスッピンだった……。

「……なんでしょうか？」

「美咲。よかった、出てくれて」

安堵の色を湛えたほうが航平さんだろう。

「美咲、話を聞いてほしい。色々と、いや誤解しかない。そもそも、美咲に会いに行った女性は俺とはまったく関係がなくて、いやむしろ俺も初対面で。全部こいつのせいなんだ」

突然まくしたてられたわたしは、話にまったくついていけない。

「とにかく、話を聞いて。全部説明するから」

そこまで言って、航平さんは彼の隣で棒立ちする同じ顔の男性の腕を小突いた。

「初めまして。兄貴の弟の洋平といいます。このたびは申し訳ございませんでした。俺のせいで兄貴たちが別れ話に発展していると聞き及びまして。どうか、兄貴のためにも話だけでいいので、聞いてやってください」

ぺこりと九十度に頭を下げた彼の言葉がわたしの中に染み込む。

ええと、一体どういうことだろう。

とりあえず、もう一度話をする必要があるらしい。

わたしは準備を終えてから航平さんたちに案内されるまま、近所のファミレスへと向かうことになった。

連れてこられたファミレスの四人掛けシートに座る女性を見るなり、わたしは目を見開いた。数日前会社に現れた女性が座っていたからだ。あのときの威勢はどこへやら。彼女は立ち上がり、直角にぺこりと頭を下げた。同じ人物だとは思えない。

ドリンクバーから持ってきたハーブティーの湯気を眺めていると、斜め前に座る洋平さんが改めて自己紹介をした。

どうやらそこかららしい。

彼の説明によると、洋平さんは航平さんの二学年年下で、つい最近まで海外で生活をしていたとのこと。最後に住んでいた国はカンボジア。その割には肌が焼けていない。

正直な感想を言うと「昔から焼けにくい体質だったもので」と返事が来た。

ちなみに髪の毛は帰国後整えたとのこと。多少航平さんよりも肌の色は濃いものの、ぱっと見では双子と見紛うほど似ている。

「ある日突然、本帰国したからしばらくの間泊めて、って洋平が俺の所に訪ねてきた。それから勝手に居候されて……現在に至る」

「だから最近航平さんわたしを家に誘わなくなったんですね」

「こいつが居座っているから」

と、航平さんが正面に座る洋平さんを睨んだ。ちなみに洋平さんは現在リビングルームで寝袋の中で眠っているとのこと。バックパッカー生活に慣れていると胸を張った彼を、再び航平さんが睨んだ。

最近の疑問が解決したところで、今度は隣に座る女性が口を開く。

「ええと、ここからはわたしの番」

彼女は美蘭と名乗った。

「くっつー、いえ、洋平が有楽町付近でわたし以外の女性、あなたと一緒に歩いているのを見かけて彼に詰め寄ったの。本当はお兄さんだったんだけど。わたしは洋平だと思い込んでいたし、お兄さんがいることも昨日まで知らなかったから。……そうしたらこいつ、……あなたの名前を出して……彼女は俺にぞっこんで、付きまとわれている的なことを言い訳してきて……」

「美蘭さんは俺を弟の洋平だと勘違いして、洋平に詰め寄ったんだ。それで、ゲスいこいつは誤解を正すことなく、美蘭さんの勘違いを訂正しなかった。そのほうが都合がよかったから」

わたし以外の三人の中では話し合いが済んでいるのか、サクサクと内容が進んでいく。

わたしは頭の中で整理をした。

美蘭さんはわたしと航平さんがランチデートをしているのを目撃した。彼女はそれを洋平さんだと誤解して、彼に詰め寄った。聞かれた洋平さんは、美蘭さんの誤解を解くことなく、わたしの名前と勤め先を白状した。

なぜに……？

しかし美蘭さんが間違えるのも無理はない。

ここまで似た兄弟なのだ。少し離れた場所から目撃したのなら、洋平さんだと思い込んでしまうのもある意味納得だ。

「こいつはさ、自分の本命をわたしから隠すために、誤解を正すことなくそのままにしたんだよ。しかもお兄さんのカノジョの名前をわたしに言ったわけ。四葉不動産なんちゃらで働く真野美咲って。で、わたしはこいつの言葉を真に受けて、牽制をかねて突撃したと……」

ああもう、ほんと恥ずかしすぎて死ぬ、と美蘭さんは両手で顔を覆った。

「本当にごめんなさい。わたしたちのことに巻き込んじゃって。しかも、別れ話にまで発展しているって聞いてほんとごめん。わたし、お兄さんとは初対面だったし、わたしの言うくっつーは洋平のことだから。あのときは本当にごめんなさい」

美蘭さんは何度も謝った。あのとき、啖呵を切ったのと同一人物だとは思えないくらいしょんぼりしている。

「いえ、あの。誤解だと分かりましたし、大丈夫です」

「本当にごめんなさい」

何度も謝罪する姿勢に、わたしは恐縮してしまう。初対面だったあの日は怖く感じたけれど、今はわたしを気遣ってくれているし話しやすい。

「いえ。顔を上げてください」

話がまとまり、美蘭さんが隣をキッと睨みつける。

「あんたも謝れ！　そもそもはあんたのくっだらない言い訳のせいでわたしが暴走したんでしょ！」

「だって、ランラン怖いんだもん」

「だってじゃないっ！　真野さんに謝れ、馬鹿」

「それは、悪かったたって思っている。まさかランランが馬鹿正直に真野さんの所に行くとは思わなかったんだ。さすがにね、いやほんとに。ちょっと短絡的な子だけど、さすがに、さ。いい大人が会社に押しかけるとか――ごめんなさい」

謝りついでに、へらっと弁解を始めた洋平さんが動きを止め呻いた。どうやら美蘭さんが隣に座る彼の足を思い切り踏みつけたらしい。

「あんた、いい加減にしなさいよ」

「おまえは素直に謝罪だけしろ」

航平さんが低くどすの利いた声を出した。初めて聞く類の声色だ。

こんな恐ろしい声も出せるらしい。ぽかんとしていると航平さんが「こんな声出すのは洋平の前だけだから」と早口で話しかけてきた。

「あ、その。事情はなんとなく理解しました。わたしは、洋平さんと美蘭さんの痴話喧嘩に巻き込まれたってことですよね……」

「いや、痴話喧嘩というか……そもそも俺はランランとは別に……」

洋平さんが弱り切った声を出す。

「ああもうっ！　ムカつく！　この男が真野さんを言い訳に使ったのは、要するにこいつにはわたし以外に本命がいて、その女を隠すためだったんだよ！　わたし、一体なんだったの？　くっつーに頼られて舞い上がってお金まで貸してあげたのに！」

怒りが再燃したらしい美蘭さんがくわっと吠えた。結構な声量だったため、付近に座る人たちの視線がこちらに向いた。

「俺はランランと付き合うとか言った覚えもないし……」

洋平さんが弁解するようにぼそぼそと声を出す。

「言ってないけど、匂わせたじゃんっ！」

「手は出してないだろ」

「昔は寝たじゃん」

一気に生々しい会話になってしまった。これ以上の話は二人きりのときにやってほしい。

「それは前の話だろ。今は俺、ランランとは別に好きな人がいるって昨日も説明しただろ」

「ほんっと、くっつーって酷い男だよね。ね、真野さんもそう思うでしょ」

突然に同意を求められたわたしはつい「は、はい」と頷いてしまった。洋平さんはだいぶかいつまんで二人の事情を聞いただけのわたしも思ってしまった。

女性に対して不誠実ではないかと。

先ほどからちらちらと話題に上る、彼の本命という言葉も気にかかるわけで。

「でも、ざまあみろだよね。人から借りたお金を本命に渡そうとしたら、きっぱり突っぱねられて、その場の勢いで告白ついでに抱き着いたら突き飛ばされたんだから。そのまま頭打って死んじゃえばよかったんだ。あんたみたいなろくでなし」

美蘭さんの放った舌鋒にわたしは反応した。

洋平さんが誰かを抱きしめていた。

「そ、それってどこで……？」

「え？」

会話に割り込んだわたしの声に、二人の目が同時にこちらに向いた。

「洋平さんが、その。美蘭さんとは別の女性を抱きしめていたって……それって……もしかして。航平さんのマンションの……」

「——前だね。ついこの間のこと」

洋平さんがわたしの言葉を引き取って、そのあとがっくりと肩を落とした。

そっか。そうだったんだ。

「まさか美咲、洋平が女性を抱きしめているのを、俺だと勘違いして——」

「そうです。……てっきり航平さんが心変わりしたものだと……」

意外すぎる真相に、わたしは肩を縮こませた。

「ええと……つまりはやっぱり俺のせい？　つーか、あの現場見られていたの？」

「は、はい。あの、暗がりで後ろ姿だったので、女性の顔は見ていないのですが。前日に美蘭さんがうちの会社に来たので、それでてっきり……彼女の言葉は本当だったんだ、と……」

「あー……あのあと俺、思い切り振りほどかれたんだけどね」

「ふーん……へぇ～……そう……あのマンション、本命も知っていたんだ。そうだよねえ～、わたしにも教えたもんね。そういうとこ、あんたって不用心っていうか考えなしだよね」

美蘭さんが地の底から這うような声を出した。

「その前に、あそこは俺の自宅だからな」

航平さんがごもっともな主張をした。

「何やら勘違いをさせてしまったようで、すみません」

「いえ、あの。こちらこそ、こっそり覗き見してしまいまして……すみません」

「美咲が謝る必要はないよ。すべてはこいつが悪い」

「そうだよ、この男が悪い」

わたしが目撃したのは洋平さんのあれやこれやだったことが判明して、体から力が抜けた。

航平さんは心変わりしていなかったのだ。そう思うと、安堵がこみ上げてきた。

「ごめん、美咲。俺もちゃんと言っておけばよかった。美咲に洋平のことを言うと、わたしのことは気にしないで、いつまでも泊めてあげてくださいとか言われそうで。俺としてはさっさとこいつに出ていってもらうつもりだったから言い出せなかった」

それにと彼は続ける。下手に泊まりで家を空けるとその隙に女性を連れ込む懸念もあったとのこと。

洋平さん、信用がないにもほどがある。隣に座る美蘭さんが冷気を放ち始めた。

帰国した洋平さんは、昔からつかず離れずで微妙な男女関係にあった美蘭さんに連絡を取った。彼のことを憎からず思っていた美蘭さんは久しぶりの連絡に浮かれた。

生活拠点を戻すにあたり今後の生活費を工面中で、という話を親身になって聞いた美蘭さんはそれなりの額を洋平さんに貸したのだそうだ。

ちなみに洋平さん、同じような話を何人もの昔の女友達（どういうお友達かはさておき）にしたらしい。集めたお金をどうしたのかというと、彼がカンボジアで出会った片思い相手のカフェ開業の事業資金に使ってほしいと差し出したのだそうだ。

話を聞くに、その彼女を追いかけて本帰国を決めたとのこと。

美蘭さんを思うと切なすぎる話だった。

洋平さん曰く、その女性は行動力があり、自分の考えを持つ素晴らしい人なのだそうだが、そのような人物評価だけで世間は融資をしてくれない。開業資金の融資で行き詰まっていた彼女にいいところを見せたいとの理由で、仲のいい女友達（あくまで洋平さんの感覚）からお金を借りたそうだ。

本命の女性の前で格好いいところを見せたいから、数多いる女友達からお金を用立てるのはさすがに駄目だろう。

今回の騒動に巻き込まれたわたしは呆れのほうが先に来てしまった。

その美蘭さんはこの場で色々ぶちまけてすっきりしたのか、コーラをごくごくと飲み干して、もう一度だんっと、洋平さんの足を踏んづけた。

「痛て。そんな何回も踏むなよ」

「踏まれるようなことをしたのはあんたでしょっ！」

「むしろ足を踏みつけるくらいで留まってくれている彼女の寛大な処置に感謝しろよ、おまえは。一歩間違えば恋愛詐欺で訴えられても言い訳できなかったんだぞ」

航平さんが正面に座る洋平さんに対して厳しい声を出した。確かにその通りだ。

昨日、わたしに振られたと思い込んだ航平さんが、自宅マンションにたどり着くと、そこに美蘭さんがいた。

彼女はそこで初めて航平さんの存在を知ったそうだ。二人は会話にずれがあることを感じ取り、洋平さんを呼びつけた。そして昨日こってり説教したとのこと。

「別に俺だって言質を取られるようなことは言っていない」

「まだ言うか。このお馬鹿！」

美蘭さんが目を吊り上げた。

「これから全員に連絡とってお金返しに行くって」

「言っておくが俺の家からも出ていってもらうからな。住む家がないなら実家に頭下げてちゃんと食費家賃払って置いてもらえ。生活基盤が整ったら改めて部屋を借りればいいだろう」

「……分かっているよ」

二人から責められている洋平さんはさすがに反省している、と思う。

「ごめん。美咲にも迷惑かけた。聞かれるままに美咲の名前と会社名を答えちゃったから」

兄弟の会話で、今付き合っている人がいるいないの話になり、出会いやら名前やら勤め先を答えてしまったのだそうだ。出会ったきっかけを説明するにあたり、グループ会社のくだりを言わないわけにはいかない。それに曲がりなりにも弟相手なのだし、まさかこんな風に利用するとは思わなかったと、航平さんはわたしに対して頭を下げた。

わたしだってまさか洋平さんの男女関係？　に巻き込まれるとは考えてもみなかった。

「いえ……。わたしのほうこそ、動揺して航平さんに別れ話を送りつけちゃって……その……申し訳ございませんでした」

「いや。誤解だって分かってもらえたなら大丈夫。ただ……一方的な別れ話じゃなくて俺に何か聞いてほしかった」

「そこはもう、その通りとしか言えないです」

わたしは頭を下げるしかない。

「さて、と。俺たちは出ようか」

航平さんが立ち上がる。

「洋平、ここはおまえの支払いだからな」

「あ、じゃあわたしパフェ食べちゃおう」

航平さんの言葉に美蘭さんが乗っかった。

わたしの誤解も解けたのだし、あとのことは洋平さんと美蘭さん二人の間のことだ。

「じゃあ、行こうか」

有無を言わせない声色に、わたしはごくりと息を呑み込んでから立ち上がった。

ファミレスから出たわたしたちは、並んで歩き出した。

背中には航平さんの腕が回されている。がっちりホールドされていて逃げる隙もない状況。いや、逃げたいわけではないのだけれど。

「俺の家に来て、って言いたいんだけれど、まだ散らかっているしな」

「うちに……来ますか？」

わたしはついそんなことを申し出てしまった。

「いいの？」

「はい……」

たぶんわたしたちはまだ、話をしないといけないと思うから。

来た道を戻って、アパートにたどり着いた。

鍵を開けるとき、ふと思い出した。

「今……インスタントコーヒーくらいしかありませんが」

「気にしなくていいよ。大事なのは、話し合いだろう？」

「……そうですね」

航平さんを部屋に招き入れると、彼は物珍しそうに視線を少しだけ動かした。

あんまり見られると、恥ずかしい。ちゃんと掃除していたっけ。綿埃落ちていないといいのだけれど。

「えっと、コーヒー淹れますね」

わたしはインスタントコーヒーを準備して、部屋の真ん中に置いてあるローテーブルの上にちょこんと置いた。1Kのわたしの部屋にダイニングテーブルはない。

航平さんはベッドを背もたれにして床に座っている。一応座布団は敷いてあるけれど。

わたしは少しだけ迷って、彼の隣に腰を落とした。

狭い室内に、しかもわたしの部屋で航平さんと二人きり。コーヒーに口をつけて、何から切り出そうか思案していると、彼が先に口を開いた。

「さっきの続きだけど。誤解は全部とけた？　まだ気になることある？」

いつもの柔らかな声が落ちてきたのと同時にわたしは彼の腕に捕らわれた。

ふわりと、航平さんの香りが鼻腔をくすぐった。

久しぶりの近しい距離。この近さをわたしはもう知っている。懐かしいと感じている。

とくん、と鼓動が跳ねた。

「気になっていることがあれば全部言って。俺の嫌なところとか、直してほしいところとか」

切羽詰まった声が耳朶をかすめた。航平さんの嫌なところなど、あるはずもない。気になっているところ……という単語を反芻したとき、あることが引っかかった。

「あ」

「何？」

「ええと。昨日、航平さんがわたしの部屋の前で待ち伏せしていたときに、わたしが全部分かっていますって言ったら。航平さん、あのこと知っているの？　って。あれって結局なんのことだったんでしょうか？　わたしの全部分かっていますは、航平さんにはわたし以外の本命がいることを理解していますって意味だったんです」

わたしは顔を上げて航平さんを見つめる。

「俺の本命は美咲だけだよ」

「ありがとうございます？」

「もしかして、そこから疑っている？　俺のスマホの中身、全部見せようか。メールでもラインでもその他ＳＮＳでもアドレス帳も全部。一応大学時代の友人やら会社の同期やらの女性の登録もしてあるけれど、美咲が嫌なら目の前で全部削除する」

「いえ。そこまでする必要はありません。お互いにそれなりに人生を歩んできたので、人間関係は大事です。わたし基準に考えたら駄目ですよ」

「さっきの、美咲の話の中にあった、あのことっていうのは。……サプライズのつもりだったんだけど……指輪を用意していて」

航平さんは本当に、本当に無念そうにそう吐き出した。

「指輪？」

「サプライズで渡すつもりだったんだよ。婚約指輪。プロポーズをね、考えていて」

「ププププロポーズ⁉」

「もっとこう、シチュエーションにこだわって。クリスマスディナーとか。ほかにもライトアップされたイルミネーションの前とか。それが全部バレていて、そのうえで美咲は俺との関係を終わらせようとしているのかと」

ロマンティストな航平さんの台詞が耳を素通りしていく。だって、それよりも今航平さんはなんて言ったの？

……プロポーズって嘘でしょう。

そんなことを航平さんが考えていただなんて。

「指輪って。だって、サイズ」

「それは美咲が寝ている間に測らせてもらった」

航平さんが得意げな声を出した。

「ちなみにネタバレすると、美咲の好みを探るためにこの間表参道でいろんな店に連れまわした」

「だからあの日は、やたらとわたしの好みの色だとかものを聞いてきたんですね」

「まあね。そういえば、あの日入ったカフェで俺に声を掛けてきた女性がいただろう?」

「はい。覚えてますよ。航平さんて顔が広いんだなあって思ってました」

「あの女性が洋平の想い人」

「えぇ!」

とんでもない情報をさらりと告げられて、わたしは素っ頓狂な声を出してしまった。

「実は、洋平のやつ、俺が仕事中を狙って彼女、三浦朱美さんていうんだけど、その人を俺の家に連れ込んでいたんだ。あ、三浦さんの名誉のために言うと、彼女は奴の気持ちにはまったく気付いていない。単にオープン予定のカフェのホームページ作成の打ち合わせをしていただけだから。あいつ、あれでもウェブ系のエンジニアなんだよ」

「うわぁ……」

なんというか……、航平さんの懸念は図らずとも当たっていたわけだ。

「で、俺の帰るタイミングまで話し込んでいたから、俺にバレるかたちになったんだ。いや、あの日あいつは三浦さんに料理の腕前を披露しようとしていたから、もはや開き直りだな。昔っから厚かましいやつなんだよ。冷蔵庫の人の飲み物勝手に飲むし」

「兄弟あるあるですねえ」

なんでもその日、洋平さんは三浦さんにカンボジア料理を振る舞ったとのこと。なし崩し的に航平さんも洋平さん主催のディナーに同席して、三浦さんとも話した。

航平さんがかいつまんで教えてくれたことによれば、彼女の目標はカフェを開き、そこでカンボジアの女性たちが作った雑貨も売って、現地の彼女たちに還元できる仕組みを作りたいとのこと。

とある村を拠点にして活動をしていた彼女はもっと日本でもアジアの女性を取り巻く環境を知ってもらいたいと考え、日本に活動拠点を置くことを決め、そんな彼女にベタ惚れした洋平さんも帰国を決めた。

「というわけで、あの日は単に挨拶をしただけだから。あのカフェに入ったのも偶然」

「大丈夫です。そこまで疑っていません」

必死な航平さんに、わたしはくすくすと笑ってしまった。

「よかった」

「偶然とはいえ、今回の関係者にわたしも会っていたんですね。すごいめぐり合わせにびっくりしました」

「本当だ」

わたしたちは同時に噴き出した。

それから航平さんは深く息を吐き出した。

「これで気になることはないよね。俺的には、指輪を買っていることがバレて引かれたか、俺とは結婚まで考えられなくて逃げようとして、これで終わりだって言われたのかと思って、死ぬほど辛かった」

ほんわかした空気から一転、航平さんが切実な声を出した。

つまり航平さんは、わたしとの交際をそれほどまで真剣に考えてくれていたのだ。

彼とこの先もずっと一緒に、と思うと急激に体温が上がりはじめた。

わたしは今こうして彼と付き合っていることに精一杯で、その先の未来を考える余裕もなかった。

でも、航平さんはこの先の人生にわたしがいることを選んでくれていた。

その事実がゆっくり体内に浸透していく。

どうしよう。胸がいっぱいになる。

「美咲、俺と結婚してほしい。いや、もう離さない。本当のことを言うと、今すぐに婚姻届けを提出して、今日から俺の家に住んでほしいくらい」

それは色々なことをすっ飛ばしすぎな気がする。彼の食い気味な主張に、わたしはいくらか冷静になった。

「返事は『はい』しか受け付けないから」

航平さんは甘い声を出しながら、わたしの唇を塞いだ。

これでは返事ができない。

床の上に押し倒されたわたしは彼のキスを甘受しながら、その背中に腕を回した。

柔らかいキスがくすぐったい。

軽く触れ合うだけのそれは、はちみつのように甘い。ううん、どんなお菓子だって負けてしまう。

「わたし……、男性とお付き合いを始めたばかりで。ずっとそこがゴールだったんです……」

ずっと処女を拗らせてきた。これをどうするかが目標で、その先のことは頭になかった。

「だから……、まだ信じられないです。航平さん……本当にわたしでいいんですか？」

おずおずと尋ねると、再び唇を塞がれた。

今度は深いキスだった。彼の手が、わたしの頭を押さえつける。

舌を絡ませ合っていくうちに、わたしの中から雑念が溶けていく。

すとんと残ったのは、航平さんが好きだという気持ちだった。

触れ合うのは彼とがいい。明日もこうして彼とキスがしたい。

「俺はきみがいい。ずっと片思いをしてきたんだ。ようやく手に入れたのに、手放すことも、他に目移りすることもしない。だから、頷いて」

唇が触れるかどうかの場所で囁かれる声に、胸が上下した。

「は、い……」

酸素不足のまま、わたしは頷いた。

互いの視線が絡まった。真剣な眼差しに射止められる。

彼から目を逸らすことができない。

「結婚してくれるね？」

「……はい」

念を押すように二度目を告げられて、わたしはゆっくり頷いた。その直後、ことの重大さに気が付いたけれど。

でも、それ以上に彼を手放したくないと思った。

こうして二人で触れ合っていたい。

「わたし今、とってもドキドキしています」

「俺も」

同じ気持ちを共有するのなら、航平さんとがいい。

いつの間にか、こんなにもたくさん彼のことが好きになっていた。

だって、振られたと思ってあれほど大泣きしたのだ。

彼の存在はわたしの中でとっても大きくなっていた。

この気持ちを、彼を、このまま求めたいのだと心が訴えている。

「好きです。航平さん」

たくさん、たくさん気持ちをもらった。わたしもそれに返したいと思った。

気持ちを口に乗せると、航平さんが破顔した。

「もう一回聞かせて」

一度唇を塞がれたあと、彼がねだってきた。

ちょっとだけ恥ずかしくなる。でも、彼が喜んでくれるのなら。

「好きです。わたしも、航平さんのこと、大好きです」

「もう一回」

「好き」

何度も同じ言葉を繰り返す。

間に幾度もキスを挟んだわたしたちは、性急に熱を灯していく。

航平さんの手がわたしの体をなぞる。こうして触れられるのは久しぶりだった。熱い吐息が口から漏れた。

その声に呼応するように、彼の手がするりとわたしの服の下に潜り込む。

薄手のニットの下を、男性の少しかさついた指が這っていく。

今は何も考えたくない。航平さんに身を委ねたい。

高められた体が、びくりと跳ねた。

互いに服を着ていることがもどかしい。

航平さんをじっと見上げると、彼は小さく息を吐いた。

「このまま全部ほしいけど……さすがに無理か」

困ったように、彼は眉尻を下げた。

空気がふわりと緩んだ。

航平さんは起き上がり、わたしの背中に腕を回して起こしてくれた。なんとなく、胸の中に空洞ができたような、寂しい気持ちに襲われた。きっと、中途半端に体を高められたから。

「……今ゴム持っていないし、彼女の家に押しかけて、押し倒すのもなんとなく……気が引ける」

「航平さん、さっきまで強気だったのに……？」

寂しくてつい彼の胸に頭を擦(こす)りつけてしまう。

これも甘えたうちに入るのかな。航平さんが嬉しそうにわたしの頬を撫でる。

「明日、俺の家においで。月曜は俺の家から出社すればいいよ」

「え、でも洋平さんは……？」

「あいつのことなら気にしなくていい」

即答だった。

まあ確かに、頭下げて実家に住まわしてもらえとかなんとか言っていたし、他に帰る場所があるならと、納得した。

「明日はゆっくり過ごそう」

「はい」

その日は、買い込んでいた食材で一緒にごはんを作って食べたあと、いちゃいちゃして。最後まではしなかったけれど、離れがたくて結局狭いシングルベッドで二人一緒に眠った。

次の日は仲良く航平さんの部屋に向かった。

不幸の谷底に落ちていたことが嘘のように、二人で存分に愛し合う週末を送った。


週が明けた月曜日のランチタイム。

事後報告をしたわたしに向けて小湊さんたちが安堵の表情を浮かべた。

「いやあ、よかったよかった。元さやに納まって。いや今回の事件、忽那弟がとんだ人騒がせな人物だったってことだよね」

「これからソッコーで今回の件はただの誤解だったたって広めておくからね」

「そこまで大げさにする必要はないですから」

「そんなことないよ。噂はみんな知っているんだから」

小湊さんの言葉に、他の女性社員が頷いた。一緒にお昼ご飯を食べているのは、仲のいい同僚たち。

「どうしてオフィスのみんなが知っているんですか」

彼女たちはともかく、どうして一個人のプライベートな話がオフィス全体に回っているの。解せない。

「会社ってそんなところだって。経理課の早坂さんの結婚話だってなんだかんだでみんな知っているわけだし」

「何せ四葉不動産の超絶イケメン忽那さんを射止めたわけだし」

「真野ちゃん今このオフィスで恋愛ご利益ありって密かに言われているよ。今日から余計に真野詣でする女の子増えそう」

確かに経理課の早坂さん（男性社員・二十代後半）が横浜支店の同期の子と今度結婚する話はわたしの耳にも届いていた。本社とはいえ日比谷のオフィスに勤めている人間は五十人もいない。

「何その真野詣でって」

「そのまんま。真野ちゃんを拝むといい男をゲットできるって。密かに出回っている」

「いやいや……ご利益なんて期待できないよ」

　隣の同期に切々と訴えた。

　それなのに彼女はわたしを拝み出すから、小湊さんが「たくさん拝んでおけ～」と茶々を入れた。

　つい最近まで、年齢イコール彼氏なしだったわたしに手を合わせてもいいことなど絶対にない。

　この分だとプロポーズされたと言ったら、近日中にも籍を入れるなどという尾ひれがついた噂が回るに違いない。この件だけは絶対に口を割らないようにしなければ。

　わたしだってまだ実感が湧かないのに。

　航平さんは改めてプロポーズをすると息巻いていたけれど。

　勢いでプロポーズに頷いてしまったが、正直なところ、まだピンとこないのだ。

　人生設計なんてまったく考えてもいなかった。

　でも、航平さんのことを思い浮かべると、漠然とした不安だとか懸念事項も忘れてしまうのだけれど。

「あ、真野さん今忽那さんのこと考えていたでしょう？」

　小湊さんの鋭い指摘にわたしは目を泳がせた。あなたはエスパーですか。

「え、いや……別にそんなこと」

「絶対考えてたって。顔にやけていたよ」

「うそ！」

「ほらぁ、やっぱり」

ランチメンバーがどっと笑った。

完全にからかわれている。

「小湊さんはどうして今の旦那さんと結婚しようと思ったんですか？」

「あら。あらあら？　どうしたの、急に」

わたしから話題の矛先を変えたかっただけです。

だから小湊さんに振ってみたのだけれど、どうしてだか彼女の目が爛々と輝き出した。

「……参考までに聞いてみたくなっただけです」

「ははぁん」

「なんにもありません」

「怪しいなぁ、美咲ちゃん」

「ねえ。怪しい」

「これは絶対に忽那さんに何か言われたな」

小湊さんに続いて他の女子たちにまで追求されてしまった。

わたしってそんなにも分かりやすい？　他意はないはずだったんだけど、プロポーズされたこと、引きずっていたのかな。

結局昼休みの後半は散々だった。

もっと上手に質問を躱す術を身につけておかないと。

お昼休みも残りわずかになり、歯磨きと化粧直しを終えて席に戻ると、同じタイミングで更科課長が推進課に戻ってきた。

課長は相変わらず忙しくしている。今日も午後から客先へ出向く予定だ。

「あ、真野さん。ちょっと」

ちょいちょい、と手招きをされたわたしは席を立つ。

「どうしました？　急ぎの資料作成ですか？」

「さっきね、忽那さんがいらしていたの」

「え？」

大きな声を出してしまい、わたしは慌てて声を潜めた。なんとなく、小湊さんが聞き耳を立てている気がする。わたしは課長を促して人の少ない場所へ移動した。

「先日真野さんを訪ねて、忽那さんの弟さんの友人がこのオフィスにいらしたことに対する謝罪ね。身内の問題で色々とご迷惑をおかけしましたって」

更科課長は目じりを緩めた。わざわざ律儀ね、という言葉の奥に、問題が解決してよかったわね、との言葉を感じ取った。

「それはそうと、結婚するんですって？　披露宴は顔繋ぎの場になりそうね。なんでも忽那さんが昔お世話になった上司が今専務だとかで招待するそうなのよ。となると新婦側でも釣り合いをとるためにそれなりの役職の人に声を掛けておかないとよね」

航平さん先走りしすぎだ。

「えええと。わたしたち、まだそこまで話し合っているわけでは――」

「え、そうなの？　結婚式は来年の初夏までにするので、予定を開けておいてくださいって言われたわよ」

「その日程、わたしは初耳なような？」

わたしはなんとか更科課長の誤解を解こうとする。

プロポーズは受けた。返事もした。だけど結婚式についてはまだ何も決めていないはず。いや、その前に両親への挨拶とか色々とあるわけで。

ちょっと待って。四葉不動産の専務が披露宴に出席とか。そんな話聞いていません！

「あなたね、相手はあの、四葉不動産のエリートコースを驀進(ばくしん)中の忽那さんよ。うかうかしていると、外堀全部埋められちゃうわよ。あなたを仕留めたくてうずうずしていたんだから」

「課長！」

「やだ、気付かなかったの？　不動産の課長職なんて、他にも案件たくさん抱えているんだから、そうもちょくちょくうちのオフィスにばかり顔を出すわけないじゃない。むしろこっちを呼びつける側よ。ここにお気に入りでもいないかぎり。しかも毎回、どら焼き持参で。あれは面白かったわ。真野さんが一度、どら焼き好きですって言った言葉、律儀に覚えていたのねー」

更科課長は呆然とするわたしを前に次々とネタばらししていく。

え、ええ、えええ？

ちょっと待って。いろんなことについていけない。

更科課長は全部知っていたの？　忽那さんの気持ちとか、わたしがそれにまったく気付かずに呑気に過ごしていたこととか。

「本音を言うと、真野さんにはもっと前に出る仕事を任せていきたいんだけれど。あなた言葉も対応も柔らかいしテナントさんからの評判もいいし。ま、そのへんは真野さんに任せるから、ひとまず結婚後を見据えて社内規定を読んでおきなさい」

更科課長は言いたいことだけ言って、わたしの元から離れていった。

中学生で止まっていたわたしの恋愛脳をどうにかしなければならないらしい。

処女をもらってもらったその後のその後については何も考えていなかった。

航平さんはそのあともしっかりと根回しとスケジュール管理をして、わたしが目を白黒させているうちに話がどんどんと進んでいって。

　わたしは本当に次の年の初夏に結婚式と披露宴を挙げることになるのだけれど、それはまた別の話。

♥

番外編　二月のチョコレートミッション

忙しくて目が回るかと思った年末年始が過ぎ去り、平穏が訪れた一月中旬。

金曜日の終業後、わたしは小湊さんと会社近くの和風ダイニングへやってきていた。

同じ席には更科課長もいる。そして、なぜだか航平さんも。

一体どうしてこの四人で飲む話になったんだっけ。

最初はわたしたち三人だけだったような気もするんだけれど、いつの間にやら航平さんも参加する話になっていた。

そういえば昨年末、課の忘年会に航平さんが迎えに来たとき、小湊さんが「次は忽那さんも一緒に飲みましょうね」と言っていた気がする。

航平さんは「ぜひ」と返していた。あれが今日のこの会のフラグだったわけか。

「忽那さん、あんまりうちの真野ちゃんを独り占めしないでくださいよ」

しょっぱなからお酒のスピードが速かった更科課長はすでに頬がほんのり赤く染まっている。

「美咲は俺の婚約者ですから」

航平さんが笑顔で切り返すと、今度は小湊さんが口を開く。

「この年末年始のお休み中に両家のご両親に結婚の挨拶って、展開早すぎですね」

「俺もそろそろいい年なので、早く身を固めろと周囲がうるさいんです」

確かに、航平さんの実家にご挨拶に伺ったとき、ご両親は喜んでいた。二人の息子ともども結婚の気配がなくて諦めかけていたのだと、お義母さんはものすごく感情の籠もった声を出していた。

挨拶に伺う前、わたしはとても緊張していて、正直口から心臓が飛び出るかと思った。けれど、対面したお義母さんはわたしを牽制するでもなく、温かく迎えてくれた。

「だから美咲がプロポーズを承諾してくれて本当によかったです」

隣の席に座っている航平さんがわたしの膝の上にぽんと手のひらを置いた。優しく見つめられて、わたしは思わず息を止めてしまう。

「あ、ちょっと、二人の世界に入るのはまだ早いですよ」

「そうですよ、忽那さん。去年の今頃はまだわたしの真野ちゃんにまったく意識すらしてもらえていなかったのに」

「真野さんは推進課の癒やしなんですからね」

「そうだそうだ。小湊さん、もっと言ってやれ」

あれ、二人ともすでに出来上がっている？

「わたしは去年、真野さんからバレンタインチョコもらいましたからね！」

「あ、わたしももらった」

「……」

　小湊さんが突然始めた謎の自慢に更科課長が乗っかった。二人は高いテンションで「イエーイ」とハイタッチ。あれはただの職場チョコだ。女性陣でお金を出し合って同じ課の男性にチョコレートを買って渡すついでに、二人にも買ったのだ。

　いつもお世話になっているし、二人からも同じくチョコレートをもらって美味しくいただいた。

　それだけのことなのに、隣から妙な冷気が漂ってきているのは気のせいではないだろう。

「今年は俺ももらえるんだよね？」

「そりゃあ、もちろんです！」

　何やら言い表せないプレッシャーを感じた。笑顔のままなのに、答え方を間違えたら大変なことになるぞ、と思わせるオーラが航平さんの背後に停滞している気がする。

「真野ちゃんわたしにもくれるよね、チョコレート」

「あ、課長抜け駆けですよ。わたしもほしいなあ」

　二人とも、お願いだから航平さんをこれ以上刺激しないで。

　絶対に酔っていますよね？　わたしもお酒に逃げよう。よし、そうしよう。

　グラスを持ち上げようとしたら、航平さんにさりげなく止められた。

「美咲はそろそろやめようか」

「え、でもまだ二杯……」

そろりと窺うも、彼の意志は固かった。さすがにまだ記憶は失くさない、はず。

最近、航平さんはわたしが記憶を失くすタイミングを知りつつある。

「美咲」

「……はい」

わたしは観念した。

飲めることを知ってから、お酒が好きになってきたわたしはちょっぴり寂しい。

とはいえ、一定量を飲むとわたしは色々とやらかすから、止めてくれる航平さんの存在はありがたくもある。何しろ前回、十一月の下旬頃に女子会と称して更科課長や小湊さんたちと飲みに行ったとき、わたしは二次会で課長とデュエットをしたらしい。その場には迎えに来た航平さんもいて、小湊さんに乗せられて彼ともデュエットした。翌日それを聞かされたわたしがぱたりと倒れたことは記憶に新しい。

「今年は美咲から特別なチョコレートがほしいな」

「特別……ですか？」

「そう」

「……例えば？」

「美咲の手作りチョコレートがいい」

「あっ、ずるーい。わたしも真野さんの手作りがいいなあ」

「わたしもー」

航平さんのおねだりに小湊さんと更科課長までもが便乗した。

「駄目ですよ、二人は。美咲の手作りは婚約者である俺だけの特権です」

「婚約者特権ずるーい」

小湊さんが食ってかかるも、航平さんは意見を変えない。

手作り！ 手作りって、ええと、どんなものを作ればいいの!?

「駄目かな？」

航平さんが少しだけはにかんだ。期待されると応えたくなってしまう。

「あまり凝ったものは作れませんが」

「美咲が俺のために作ってくれるんだから、なんでもいいよ」

「だったら真野ちゃん、市販のチョコレートをラッピングし直せばオーケーよ」

「更科さん、美咲に妙な知恵を与えるのはやめてください」

航平さんがまたしてもいい笑顔で更科課長を牽制した。

その週末、わたしはタブレットで手作りチョコレート菓子の特集ページを眺めていた。

「美咲が俺のためにお菓子を手作りしてくれるんだね。嬉しくてそれだけで萌える」

「……味の保証はできないので、あまり期待しないでくださいね？」

航平さんはわたしを背後からすっぽりと抱きしめているため、わたしがどんなチョコレート菓子を検討しているのかネタバレもいいところだ。

「美咲が作った料理はなんでも美味しいよ」

ぎゅっと抱きしめる腕に力が入った気がして、わたしは下を向いてしまう。

今はどんなお菓子を作るか決めることに集中しないと。

バレンタイン近くとあってか、検索するとレシピサイトやお菓子メーカーのサイトでたくさんの手作りチョコレート菓子の特集がされている。

だがしかし、ひとくちに手作りといっても、トリュフチョコレートからブラウニーまで多種多様だ。

どれも美味しそうだけど、果たしてわたしに作れるものなのか。

眺めているとなんとなく空腹を感じてくるのだから不思議だ。

「航平さんはどんなチョコレートが好きですか？　好き嫌いはありますか？」

「甘いものもひと通りはいける口だけど……」

「だけど？」

「りぼんをつけた美咲が俺に、わたしを食べて、って言ってくれるのも大歓迎だよ」

「……」

耳元から聞こえてきたおねだりが、わたしの予想の斜め上を越えるもので固まった。

ええと……。

「美咲自身がとっても甘いから。俺にとっては極上のデザート」

「ひゃんっ」

耳を食まれてしまい、口から変な声が漏れてしまう。

それ、チョコレートと関係ないですよね⁉

わたしが聞いたのはチョコレートの好みですよ。そう指摘したいのに、航平さんがわたしの手元からタブレットを抜き取ってしまった。

それから彼へと体を向き直らせられてしまう。

「そろそろ俺のことも構ってほしいな」

「え、あの、チョコレートは……？」

尋ねている最中、キスで唇を塞がれてしまった。その後わたしは寝室へ持ち運ばれてしまい、そのまま朝をお迎えした。

一人暮らしのため必要に駆られて自炊はするけれど、お菓子作りとは無縁の人生を送ってきたわたしは、まともな道具すら持っていない。一人で作れば事故の予感しかしない。そのような理由で料理上手な一花ちゃんに相談してみることにした。

一花ちゃんは「いいよ〜、じゃあ一緒に作ってみようか。うちにおいで」と誘ってくれた。

二月に入った最初の週末、わたしは一花ちゃんの家に材料を持ち込んだ。

二人で台所に立ち、お菓子作りの会が開催されている。

わたしの家にはオーブンはないのだけれど（あいにくと電子レンジのみだ）、調べるとオーブントースターでもお菓子はつくれるらしい。

「お菓子作りなんて久しぶりだわ」

一花ちゃんが慣れた手つきでボウルの中に入れたバターを混ぜていく。

わたしがブラウニー、一花ちゃんはパウンドケーキを作っている。

「すごい。慣れているんだね」

「これも全部洋祐くんのおかげかな。大学の頃とか、洋祐くんに食べてもらうならどんなチョコレートがいいかな選手権を一人で開催して作りまくったんだよね」

推しへの愛が溢れて、バレンタイン近くになると手作りチョコレートで色々と妄想していたのだという。

「ブラウニーもフォンダンショコラも、パウンドケーキもトリュフもひと通りは作ったよね」

ハハハ、と一花ちゃんが乾いた笑みを浮かべた。

「彼氏さんには作ってあげないの？」

わたしが溶かしたチョコレートの中にホットケーキミックスを入れて混ぜながら尋ねると、彼女は明後日のほうへ顔を向けた。

「……わたしに乙女チックなことは向いていないの！」

「え、でも洋祐くんは……？」

「推しと彼氏は違うの～」

一花ちゃんが頭をぶんぶんと振った。何やら彼女なりの葛藤があるらしい。

「さ、ちゃちゃっと作っちゃおう。あとはできた生地をオーブンシートに流し込んで……」

「せっかくパウンドケーキ作っているのに、あげないの？」

「これは家族用！」

「ええと、彼氏さんにはチョコレートあげるんだよね？」

「それは……まあ……一応準備はする」

わたしの質問に、一花ちゃんは歯切れ悪くも頷いた。

「それに、あいつしょっちゅう忙しそうに出張で飛び回っているし。当日日本にいるかもわからないし。わたしも手作りチョコレートをあげるってキャラでもないし」

一花ちゃんが早口にまくしたてた。ぷいと横を向いた頬が少々赤い。どうやら手作りチョコレートを彼氏さんのために作るのが照れくさいようだ。

今年は難しいかもしれないけれど、来年だったら。わたしは来年の一花ちゃんに心の中でエールを送った。

ちなみに出来上がった一花ちゃん特製のチョコレートパウンドケーキは絶品だった。

そして、やってきたバレンタインは平日で、この日は航平さんと待ち合わせて外で夕食を食べることになった。

びゅうびゅうと吹きすさぶ風は冷たいけれど、大好きな人を待っているだけで、胸の中はぽかぽかしているのだから恋とはすごい。

待ち合わせをしているときに、わたしはふと思い出した。航平さんはとってもおモテになるのだ。確か去年、うちのオフィスに来たときもチョコレートをたくさんもらっていたような気がする。

今年もきっと職場でたくさんチョコレートをもらっているんだろうなあ……。

ま、まあ……社会人のチョコレートは円滑な人間関係を築くためのカンフル剤的な側面もあるわけで。全部が全部本命でもないわけだし。わたしだって今年も小湊さんとお金を出し合って、課のメンバーにチョコレートを配ったわけだし。

うんうん、と納得していると「美咲、お待たせ」と航平さんが現れた。

「航平さん」

「どうしたの？　悩み事？」

「え……？」

「難しい顔をして頷いていたよ」

「ええと……、それよりも、早く行きましょう！」

ちょっと焼きもちを焼いていただけなわたしは、空気を変えたくて元気よく歩き出す。

「あ、その前に」

航平さんがわたしを呼び止めた。

「はい。ハッピーバレンタイン」

そう言って紙袋を手渡され、わたしは中を覗き込んだ。そこには赤いバラの花束が。

「これは？」

「俺も美咲に何かしたくって。ほら、海外だとバレンタインは男から贈りものをする日だから」

「ありがとうございます！」

「俺からの気持ち。あとで本数を調べてみて」

航平さんがわたしの耳元で囁いた。

どちらからともなく、指を絡め合い、歩き出す。

バレンタインの日に花を贈ってくれるだなんて。サプライズすぎてまだドキドキしている。きっと、目立つのが好きではないわたしに気を使って袋に入れたまま渡してくれたのだ。

航平さんの気持ちを疑うことはない。彼はいつもわたしにまっすぐな気持ちを寄せてくれている。

「実はわたし、ちょっとだけ焼きもちを焼いていて」

「ん？」

「きっと、航平さん今日はたくさんチョコレートをもらうんだろうなって……」

「今年は全部断ったよ」

「ええっ！」

「義理チョコ毎年もらっていたけど、あれ、けっこう気を使うんだよね。今年は美咲という婚約者もいることだし、ちょっと口実にさせてもらった」

航平さん曰く、お返しのことを考えるとチョコレート文化に物申したいとのことだった。なるほど、確かにホワイトデーのことを考えると、大変そうだ。わたしも来年から考えよう。

一切なしにするのも、ある意味平和でいいのかもしれない。

「もちろん、美咲からのチョコレートは大歓迎」

「はい。週末、楽しみにしていてくださいね」

今年のバレンタインは平日のため、今週末手作りブラウニーを航平さんに届けることになっている。

緊張するけれど、わたし自身少し待ち遠しい。

だって、たくさん練習したから。航平さんに喜んでもらいたい。大好きな人への気持ちだけで努力できるのだ。

宣言通り、その週末わたしは航平さんのためにブラウニーを焼いた。

あれから何度か練習したおかげで、我ながらよくできたと思う。成功体験のおかげでお菓子作りを続けてもいいかなって思ってみたり。

焼き上がったそれを丁寧にラッピングして、航平さんの元を訪れた。

コーヒーを淹れて、彼に食べてもらう。

彼がブラウニーを口に含むまでが、とても長く感じられた。練習はたくさんしたけれど、航平さんに食べてもらうのは今日が初めて。

甘さは控えめにしたけれど、口に合うかな。初心者が作ったものだから、昨日までの自信も急激にしぼんでしまうのだ。

「美味しい」

「本当ですか？」

「うん」

わたしはホッと息を吐いた。

よかった。喜んでもらえた。航平さんのその一言だけで胸の奥がいっぱいになった。

「毎日でも食べたいくらい」

航平さんが笑みを深めた。

それからわたしに向けて両手を伸ばす。ブラウニーを褒めてもらえて嬉しさ爆発のわたしは立ち上がり、彼の膝の上に腰を落とした。

チョコレート以上に甘い航平さんにくらくらしてしまう。

「バラ……ありがとうございました。意味も、その。ちゃんと調べて」

「俺の気持ち、伝わった？」

わたしはこくりと頷いた。

バレンタインの日にもらったバラは全部で十二本。バラの花束はその本数によって意味が変わるのだそうだ。

十二本のバラはプロポーズにも使われる特別な意味を持つ。

「はい。まるで、三度目のプロポーズをしてもらったようでもあって……」

スマホを片手に一人で部屋の中で跳ねてしまったくらいだ。

「これを本気のプロポーズのときにできなかったのが悔やまれる」

「年末に行ったレストランもとっても素敵でしたよ」

「プロポーズリベンジだったしね。あのときは緊張した」

十二月某日の、夜景の素敵なレストランで航平さんは改めてわたしにプロポーズをしてくれたのだ。そのときに送られたエンゲージリングは今、わたしの薬指でとっておきの輝きを放っている。

わたしは胸に秘めてきた台詞を口に乗せるため、勇気をかき集めた。

いつもたくさんの気持ちをもらっているから。

わたしだって、彼に何かを返したい。

「あの……、りぼんは恥ずかしいのですが。その……、今日はわたしごともらってください」

素面のわたしだって、可愛く甘えたい。ううん、自分の気持ちを正直に言いたい。

顔を真っ赤にしたわたしの声が聞こえたのかどうか。

この日、わたしと航平さんは仲睦(むつ)まじく過ごしたのだった。

あとがき

前作とガラリと雰囲気が変わって、今作はオフィスラブコメです。

こちらの作品はコンテスト受賞作なのですが、受賞後にタイトルをどうするか担当さんと相談をしていまして。

書店でこのタイトルの本を持ってレジに行くの勇気がいるのでは？　と考え、新しいタイトルをいくつも考え……結果受賞時のままでいくことになりました。

ええと、大丈夫？　と今でも若干思っているのですが、本書をお買い上げいただいた読者の皆様、本当にありがとうございます。

あとがきから読んでレジまで持っていくのを迷っていらっしゃいますか。今は通販もあります。ぜひ、よろしくお願いします。

いくつか変更タイトル案を考えたのですが、わたしとしましてもこのタイトルが一番しっくりくるのではないかと思っているのも確かです。これ以上のものを生み出せませんでした。

なので、ぜひレジまで持っていってくださるとわたしが飛び跳ねて喜びます。

コンテストにエントリーしたものの、受賞できるとは思ってもいなかったので、受賞連絡をいただいたときにはそれはもう驚きました。

無事に書店に本が並んだらお祝いでどら焼きを買ってこようと思います。

どら焼き美味しいですよね。ふわふわの生地に粒あんが挟まっているのがたまりません。

わたしは粒あん派なのですが、イチゴ大福はこしあんに限ります。イチゴとこしあんの絶妙なハーモニー。最初にこの組み合わせを試そうと思った方、天才ですか。

さて、ページも埋まってきましたのでここからは謝辞を。

この作品を見出して特別賞を下さったメディアワークス文庫の皆様。本当にありがとうございます。

担当さんはとても丁寧にアドバイスを下さり、より面白くなるよう改稿の方向性を提示くださいました。表記の揺れやら誤字のチェックなど、本当にありがとうございました。

校正さんのするどい指摘もとてもありがたかったです。おかげで最後までたくさんこの作品について考え、よりよいものにできたと思っています。

また、応援をくださる読者の皆様のおかげで今こうして活動できています。

次回作でもまた皆様にお会いできることを祈って。

高岡未来

<初出>

本書は、2021年にカクヨムで実施された「第６回カクヨムWeb小説コンテスト」恋愛部門で特別賞を受賞した『わたしの処女をもらってもらったその後。』を加筆修正したものです。番外編は書き下ろしです。

この物語はフィクションです。実在の人物・団体等とは一切関係ありません。

◇◇メディアワークス文庫

わたしの処女をもらってもらったその後。

高岡未来

2022年1月25日　初版発行
2024年11月30日　再版発行

発行者　山下直久
発行　株式会社KADOKAWA
〒102-8177　東京都千代田区富士見2-13-3
0570-002-301（ナビダイヤル）
装丁者　渡辺宏一（有限会社ニイナナニイゴオ）
印刷　株式会社KADOKAWA
製本　株式会社KADOKAWA

●お問い合わせ
https://www.kadokawa.co.jp/（「お問い合わせ」へお進みください）
※内容によっては、お答えできない場合があります。
※サポートは日本国内のみとさせていただきます。
※Japanese text only

※定価はカバーに表示してあります。

Printed in Japan
ISBN978-4-04-914165-8 C0193

メディアワークス文庫　https://mwbunko.com/

本書に対するご意見、ご感想をお寄せください。

あて先
〒102-8177　東京都千代田区富士見2-13-3
メディアワークス文庫編集部
「高岡未来先生」係

黒狼王と白銀の贄姫
辺境の地で最愛を得る

高岡未来

彼の人は、わたしを優しく包み込む――。
波瀾万丈のシンデレラロマンス。

妾腹ということで王妃らに虐げられて育ってきたゼルスの王女エデルは、戦に負けた代償として義姉の身代わりで戦勝国へ嫁ぐことに。相手は「黒狼王（こくろうおう）」と渾名されるオルティウス。野獣のような体で闘うことしか能がないと噂の蛮族の王。しかし結婚の儀の日にエデルが対面したのは、瞳に理知的な光を宿す黒髪長身の美しい青年で――。

やがて、二人の邂逅は王国の存続を揺るがす事態に発展するのだった…。

激動の運命に翻弄される、波瀾万丈のシンデレラロマンス！

【本書だけで読める、番外編「移ろう風の音を子守歌とともに」を収録】

片想い中の幼なじみと契約結婚してみます。

神戸遥真

大好きな彼と、契約夫婦になりました。
(※絶対に恋心はバレちゃだめ)

三十歳にして突如住所不定無職となった朝香。途方に暮れる彼女が憧れの幼なじみ・佑紀から提案されたのは――、

「婚姻届を出して、ぼくの家に住むのはどうかな」

大地主の跡継ぎとして婚約相手を探していた彼との契約結婚だった！

幼い頃に両親を亡くし、大きな屋敷でぽつんと暮らしている佑紀は、地元でも謎多き存在。孤独な彼に笑ってほしくて“愉快な同居人”を目指す朝香だけど、恋心は膨らむ一方で……。

優しい海辺の町で紡がれる、契約夫婦物語！

第27回電撃小説大賞《メディアワークス文庫賞》受賞作

君と、眠らないまま夢をみる

遠野海人

「さよなら」ができない、すべての人に届けたい感動の青春小説。

　高校生になった智成の日常は少し変わっている。死者が見えるのだ。吹奏楽をやめ、早朝バイトをする智成は、夜明けには消えてしまう彼らとの、この静かな時間が好きだった。

　だが、親友の妹・優子との突然の再会がすべてを変える。

「文化祭で兄の遺作を演奏する手伝いをしてくれませんか」手渡されたそれは、36時間もある壮大な合奏曲で――。

　兄を失った優子。家族と別れられない死者。後悔を抱える智成。凍り付いていたそれぞれの時間が、一つの演奏に向かって、今動きはじめる。

第27回電撃小説大賞《選考委員奨励賞》受賞作

ぼくらが死神に祈る日

川崎七音

余命4ヶ月。願いの代償。
残された命の使い道は——？

“教会跡地の神様”って知ってる？　大切なものを差し出して祈るの——。突然の事故で姉を失った高校生の田越作楽。悲しみにくれる葬儀の日、それと出会う。

「契約すれば死者をも蘇らせる」

“神様”の正体は、人の寿命を対価に願いを叶える“死神”だった。

余命4ヶ月。寿命のほとんどを差し出し姉を取り戻した作楽だが、その世界はやがて歪み始める。

かつての面影を失った姉。嘲笑う死神。苦悩の果て、ある決断をした作楽に、人生最後の日が訪れる——。

松村涼哉も激賞！　第27回電撃小説大賞で応募総数4,355作品から《選考委員奨励賞》に選ばれた青春ホラー。

メディアワークス文庫